Von Mary Higgins Clark sind
als Heyne Taschenbücher erschienen:

Schrei in der Nacht · Band 01/6826
Das Haus am Potomac · Band 01/7602
Wintersturm · Band 01/7649
Die Gnadenfrist · Band 01/7734
Schlangen im Paradies · Band 01/7969

MARY HIGGINS CLARK

DOPPELSCHATTEN

Roman

Deutsche Erstausgabe

WILHELM HEYNE VERLAG

MÜNCHEN

HEYNE ALLGEMEINE REIHE
Nr. 01/8053

Frank ›Tuffy‹ Reeves
in Liebe gewidmet

1. Teil der Originalausgabe
THE ANASTASIA SYNDROME AND
OTHER STORIES

Alle Figuren und Geschehnisse dieses Romans
sind frei erfunden. Jede Ähnlichkeit zu
realen Personen oder Ereignissen aus Vergangenheit
oder Gegenwart ist rein zufällig.

2. Auflage

Copyright © 1989 by Mary Higgins Clark
Copyright © der deutschen Ausgabe 1990
by Wilhelm Heyne Verlag GmbH & Co. KG, München
Printed in Germany 1991
Quellenhinweis: s. Anhang
Umschlagfoto: Bildagentur Mauritius/Nägele, Mittenwald
Umschlaggestaltung: Atelier Ingrid Schütz, München
Satz: Werksatz Wolfersdorf GmbH
Druck und Bindung: Ebner Ulm

ISBN 3-453-04178-X

Und Mund um Mund verging vor Gier
Und klaffte warnend, weit und bang —
Da fuhr ich auf und fand mich hier
Auf dem kalten Hang.

Und darum harr ich hier noch aus
Und hink allein und bleich umher,
Sank auch das Schilf am See und singt
Kein Vogel mehr.

Aus dem Gedicht ›*La Belle Dame sans Merci*‹
von John Keats

Inhalt

Im Vexierspiegel
Seite 9

Das Klassentreffen
Seite 57

Glückstag
Seite 145

Der verlorene Engel
Seite 183

Im Vexierspiegel

Jimmy Cleary kauerte in den Büschen vor Carolines Gartenwohnung in Princeton. Das dichte braune Haar fiel ihm in die Stirn, er strich es mit einer zum Manierismus hochstilisierten Bewegung zurück. Der Maiabend war für die Jahreszeit ungewöhnlich kalt und unwirtlich. Trotzdem hatte er seinen Trainingsanzug durchgeschwitzt. Er fuhr sich mit der Zungenspitze über die trockenen Lippen. Sein ganzer Körper kribbelte in erwartungsvoller Spannung.

Vor genau fünf Jahren hatte er den Irrtum seines Lebens begangen und die Falsche getötet. Er, der beste Schauspieler der Welt, hatte die Schlußszene geschmissen. Diesen Schnitzer würde er jetzt ausbügeln. Diesmal würde es keinerlei Pannen geben.

Die Hintertür von Carolines Wohnung führte auf den Parkplatz. An den vergangenen Abenden hatte er den Schauplatz genau studiert. Letzte Nacht hatte er die Glühbirne vor ihrer Wohnung herausgeschraubt, so daß der Hintereingang jetzt ganz im Dunkeln lag. Es war zwanzig Uhr fünfzehn und an der Zeit, hineinzugehen.

Er zog ein spitzes Instrument aus der Tasche, schob es ins Schlüsselloch und stocherte darin herum, bis er den Zylinder klicken hörte. Mit den durch Handschuhe geschützten Fingern drehte er am Knauf und öffnete die Tür gerade so weit, daß er hineinschlüpfen konnte. Er machte sie zu und schloß wieder ab. Drinnen gab es eine Sicherheitskette, die sie wahrscheinlich nachts vorlegte. Ausgezeichnet. Diesmal wären sie beide eingeschlossen. Der Gedanke, wie Caroline sorgfältig die Wohnung absicherte, verschaffte Jimmy ein Gefühl tiefer Befriedigung. Es erinnerte ihn an die Geistergeschichte, die so endete: »Nun waren sie die Nacht über eingesperrt.«

Er stand in der Küche, von der ein Torbogen direkt ins Wohnzimmer führte. Am Vorabend hatte er sich draußen vor dem Küchenfenster versteckt und Caroline beobachtet. Wegen der Blumentöpfe auf dem Fensterbrett konnte die Jalousie nicht ganz heruntergelassen werden. Um zehn kam Caroline in einem rot-weiß-gestreiften Pyjama aus dem Schlafzimmer. Während sie sich die Nachrichtensendung ansah, machte sie Rumpfbeugen, so daß die blonde Mähne von einer Schulter zur anderen schwang.

Sie ging zurück ins Schlafzimmer, wo sie vermutlich noch eine Weile las, denn das Licht wurde erst nach etwa einer Stunde gelöscht. Er hätte sie mühelos schon jetzt umbringen können, doch sein Sinn fürs Dramatische verlangte, den Jahrestag abzuwarten.

Beleuchtet wurde die Szene nur durch die Straßenlaternen, aber es gab in der Wohnung ohnehin nicht viele Verstecke. Er könnte sich unter das von einem Samtvolant umrandete Bett zwängen. Eine interessante Idee – dort könnte er warten, während sie las, schläfrig wurde, die Lampe ausknipste, warten, bis sie sich nicht mehr bewegte und gleichmäßig atmete. Dann könnte er geräuschlos hervorkriechen, sich neben ihr hinknien, sie betrachten, wie er die andere betrachtet hatte, und sie schließlich wecken. Doch bevor er sich entschied, wollte er noch andere Möglichkeiten erkunden.

Als er die Tür zum Wandschrank im Schlafzimmer öffnete, schaltete sich die automatische Beleuchtung ein. Ein kurzer Blick auf eine nahezu volle Reisetasche bewog ihn, die Tür hastig wieder zu schließen. Da war kein Platz, wo er sich verstecken könnte.

Stellt euch eine Frau vor, die nur noch knapp zwei Stunden zu leben hat. Spürt sie es? Spult sie ihren normalen Tagesablauf ab?

Diese hypothetischen Fragen hatte Cory Zoly eines Abends im Schauspielunterricht gestellt. Cory, ein berühmter Lehrer, nahm nur Schüler auf, in denen er das Zeug zu einer Starkarriere witterte. Mich hat er nach dem ersten Vorsprechen in seine Privatklasse gesteckt, erinnerte sich Jimmy jetzt. Er weiß eben genau, wer Talent hat.

Im Wohnzimmer entdeckte er nirgends ein Versteck. Rechtwinklig zur Eingangstür, die direkt hineinführte, befand sich jedoch ein Wandschrank, dessen Tür ein paar Zentimeter offenstand. Er eilte hinüber, um sich die Sache genauer anzusehen.

In diesem Wandschrank gab es keine automatische Beleuchtung. Er zog eine bleistiftdünne Taschenlampe heraus und untersuchte ihn damit systematisch von innen. Er war überraschend tief. Vorn hing ein schwerer Kleidersack, von etlichen Lagen Plastik umhüllt, was ihn so sperrig machte, daß sich die Tür nicht mehr schließen ließ, ohne das Kleid zu zerdrücken. Das Brautkleid natürlich, ohne den geringsten Zweifel. Als er ihr am Vorabend gefolgt war, hatte sie bei einem

Geschäft für Brautmoden gehalten und fast eine halbe Stunde dort verbracht, wahrscheinlich mit einer letzten Anprobe. Vielleicht würde man sie in diesem Kleid beerdigen.

Die voluminösen Plastikhüllen boten ein ideales Versteck. Jimmy betrat den Wandschrank, schlüpfte hinter zwei Wintermäntel und schob sie dicht zusammen. Und wenn Caroline ihn hier fand? Schlimmstenfalls könnte er sie dann nicht mehr genauso wie geplant umbringen. Aber die Reisetaschen in dem anderen Wandschrank waren fast voll, also dürfte sie mit dem Packen so gut wie fertig sein. Wie er wußte, flog sie am nächsten Morgen nach St. Paul. Kommende Woche würde sie heiraten. Sie *glaubte*, daß sie kommende Woche heiraten würde.

Jimmy verließ den Wandschrank wieder. Um fünf Uhr hatte er in seinem Leihwagen vor dem Kapitol in Trenton auf Caroline gewartet. Sie kam spät von der Arbeit. Er war ihr zu dem Restaurant gefolgt, wo sie sich mit Wexton traf, und blieb draußen stehen, bis er durch das Fenster sah, wie sie bestellten. Dann fuhr er direkt hierher. Es würde mindestens eine Stunde dauern, ehe sie nach Hause kam. Er nahm sich eine Dose Sodawasser aus dem Kühlschrank und machte es sich auf der Couch bequem. Es war an der Zeit, sich auf den dritten Akt vorzubereiten.

Das Ganze hatte vor fünfeinhalb Jahren begonnen, im letzten Semester am Rawlings College of Fine Arts in Providence, wo er im Theater-Seminar ein Schauspielstudium absolvierte. Caroline hatte Regie als Hauptfach belegt. Er wirkte in zwei von ihr inszenierten Stücken mit. Im vorletzten Jahr vor seiner Abschlußprüfung hatte er den Biff in ›Tod eines Handlungsreisenden‹ so fantastisch verkörpert, daß das halbe College anfing, ihn Biff zu nennen.

Jimmy trank einen Schluck Sodawasser. In Gedanken versetzte er sich zurück ins College und sah sich wieder in dem zweiten Stück auf der Bühne stehen. Er spielte die Hauptrolle. Der Präsident hatte einen alten Freund, einen Produzenten der Paramount, zur Premiere eingeladen, der angeblich auf der Suche nach neuen Talenten war. Von Anfang an hatte es zwischen Caroline und Jimmy Unstimmigkeiten wegen seiner Interpretation gegeben. Schließlich hatte sie ihm die Rolle zwei Wochen vor der Premiere weggenommen und mit Brian Kent besetzt. Er sah sie noch deutlich vor sich, das blonde Haar, zu einem Knoten am Hinterkopf aufgesteckt, die buntkarierte, in die Jeans gesteckte Hemdbluse, den ernsthaften, bekümmerten Blick. »Du hast es einfach nicht ganz drauf, Jimmy. Aber ich glaube, in der zweiten Hauptrolle, als Bruder, wärst du genau richtig.«

Die zweite Hauptrolle. Der Bruder hatte ungefähr sechs Zeilen Text. Er wollte argumentieren, bitten, wußte aber, daß es zwecklos war. Wenn Caroline Marshall die Absicht hegte, eine Rolle umzubesetzen, ließ sie sich durch nichts davon abbringen. In diesem Bruchteil einer Sekunde hatte er den Entschluß gefaßt, sie zu töten, und sofort begonnen, eine Schau abzuziehen, mit einem fröhlichen, leicht gekränkten Lachen. »Caroline, ich hab meinen ganzen Mut zusammengenommen, um dir zu beichten, daß ich in diesem Semester mit allem unheimlich im Rückstand bin und nicht mal ans Theaterspielen denken kann.«

Sie war darauf hereingefallen. Und sah so erleichtert aus. Der Produzent von Paramount war tatsächlich erschienen. Er hatte Brian Kent aufgefordert, zu Probeaufnahmen für eine neue Serie an die Westküste zu kommen. Der Rest ist gelaufen, wie wir in Hollywood sagen, dachte Jimmy. Nach fast fünf Jahren rangierte die Serie immer noch unter den ersten zehn, und Brian Kent hatte gerade einen Filmvertrag unterschrieben – drei Millionen Dollar Gage.

Zwei Wochen nach dem Abschluß seines Studiums war Jimmy nach St. Paul gefahren. Carolines Familie bewohnte eine stattliche Villa, doch er fand rasch heraus, daß die Seitentür unverschlossen war. Sein Weg führte durchs Parterre, die breite Freitreppe hinauf, am Elternschlafzimmer vorbei. Die Tür war angelehnt, das Bett leer. Dann hatte er die nächste Schlafzimmertür geöffnet und sie gesehen. Da lag sie im tiefen Schlaf. Vor seinem geistigen Auge erblickte er immer noch deutlich einzelne Umrisse in ihrem Zimmer, das Himmelbett aus Messing, die weichen, teuren Laken aus Perkal, die sich so seidig anfühlten. Er erinnerte sich, wie er sich über sie gebeugt hatte. Da lag sie, zusammengerollt, das blonde Haar schimmerte auf dem Kopfkissen. Er flüsterte: »Caroline«, sie schlug die Augen auf, sah ihn an und erwiderte: »Nein.«

Seine Arme hielten sie fest umspannt, mit beiden Händen verschloß er ihr den Mund. In ihren Augen stand panische Angst, als er ihr zuraunte, er würde sie töten, denn wenn sie ihm nicht die Hauptrolle abgenommen hätte, wäre er anstelle von Brian Kent vom Produzenten der Paramount entdeckt worden. »Du wirst nirgends mehr Regie führen, Caroline«, schloß er. »Du hast eine neue Rolle bekommen. Du spielst das Opfer.«

Sie hatte versucht, sich von ihm loszumachen, doch er stieß sie zurück und legte ihr den Strick um den Hals. Ihre Augen weiteten sich immer mehr; sie durchbohrten ihn förmlich. Flehend streckte sie ihm die Hände entgegen, bis sie erschlafften und auf das Laken hinunterfielen.

Am folgenden Morgen konnte er es kaum abwarten, die Zeitungen zu lesen. *Tochter eines bekannten Bankiers in St. Paul ermordet.* Er erinnerte sich, wie er zuerst gelacht, dann vor Enttäuschung geheult hatte, als er die ersten paar Sätze las. *Die Leiche der einundzwanzigjährigen Lisa Marshall wurde in den frühen Morgenstunden von ihrer Zwillingsschwester entdeckt.*

LISA MARSHALL. ZWILLINGSSCHWESTER.

Weiter hieß es: *Die junge Frau ist erwürgt worden. Die Zwillinge befanden sich allein in der elterlichen Wohnung. Die Polizei konnte Caroline Marshall bisher nicht verhören. Beim Anblick der Leiche erlitt sie einen schweren Schock. Sie steht noch unter der Einwirkung von Beruhigungsmitteln.*

Das alles würde er Caroline nachher erzählen. Während der ganzen Zeit in Los Angeles hatte er die Zeitungen aus Minneapolis – St. Paul abonniert und eventuelle neue Entwicklungen des Falles verfolgt. Dann las er, daß Caroline verlobt sei und am 30. Mai heiraten werde – nächste Woche. Caroline Marshall, die als Juristin dem Stab des Generalstaatsanwalts in Trenton, New Jersey, angehörte, wollte die Frau Dr. Sean Wexfords werden, eines außerordentlichen Professors an der Princeton University. Wexford war zur gleichen Zeit wie Jimmy in Rawlings gewesen, als

Doktorand. Jimmy hatte bei ihm einen Kurs in Psychologie belegt. Er fragte sich, wann die Beziehung zwischen Caroline und Wexford wohl zustande gekommen war. Während Carolines Studienzeit in Rawlings hatte man die beiden nicht zusammen gesehen. Das wußte er ganz genau.

Jimmy schüttelte den Kopf. Er brachte die leere Sodawasserdose in die Küche und warf sie in den Mülleimer. Caroline konnte jetzt jeden Augenblick auftauchen. Er ging ins Badezimmer; die geräuschvolle Wasserspülung ließ ihn zusammenzucken. Dann betrat er mit größter Vorsicht den Wandschrank und verschanzte sich hinter den Wintermänteln. Er tastete nach dem Stück Schnur in der Tasche seines Trainingsanzugs, eine besonders kräftige Angelleine. Es stammte von der gleichen Rolle, die er auch damals genommen hatte – für die Schwester. Er war soweit.

»Capuccino, Darling?« Sean lächelte ihr über den Tisch hinweg zu. Caroline sah nachdenklich ins Kerzenlicht, ihre dunkelblauen Augen hatten wieder jenen unsagbar traurigen Ausdruck, den sie von Zeit zu Zeit annahmen. Verständlich an diesem Abend, an dem sich ihr letztes Zusammensein mit Lisa jährte.

Er versuchte sie abzulenken. »Ich kam mir wie ein Elefant im Porzellanladen vor, als ich heute nachmittag dein Kleid abholte.«

Caroline zog die Brauen hoch. »Du hast es doch nicht etwa angeschaut? Das bringt Unglück.«

»Die haben mich ja nicht mal in die Nähe gelassen. Die Verkäuferin hat sich unentwegt entschuldigt, weil sie es nicht liefern konnten.«

»Ich bin im letzten Monat so viel herumgesaust, daß ich abgenommen habe. Sie mußten es enger machen.«

»Du bist zu dünn. Wir müssen dich in Italien wieder aufpäppeln. Dreimal täglich Pasta.«

»Ich kann's kaum erwarten.« Caroline lächelte ihm zu. Sie liebte diesen Hünen mit dem rotblonden, immer etwas zerzaust wirkenden Haar und dem verschmitzten, humorvollen Blick in den grauen Augen. »Meine Mutter hat mich heute morgen angerufen. Sie macht sich immer noch Sorgen über mein ärmelloses Kleid. Zweimal hat sie mir den Standardwitz aus Minnesota vorgehalten: ›An welchem Tag hat doch gleich der Sommer stattgefunden?‹«

»Ich melde mich freiwillig zum Warmhalten. Dein Kleid ist im vorderen Wandschrank. Übrigens sollte ich dir wohl lieber deine Ersatzschlüssel zurückgeben.«

»Behalte sie. Wenn ich irgendwas vergesse, kannst du's mir nächste Woche mitbringen.«

Vom Lokal aus fuhr Caroline ihm nach, zu dem geräumigen viktorianischen Haus, das sie nach der Rückkehr von der Hochzeitsreise bewohnen würden. Ihren Wagen wollte sie während ihrer Abwesenheit in der zweiten Garage abstellen. Sean parkte den seinen in der Zufahrt, und sie rutschte auf den Beifahrersitz. Er setzte sich ans Steuer und brachte sie nach Hause, den Arm um ihre Schulter gelegt.

Jimmy war stolz darauf, daß er sich auch nach einstündigem Stillstehen noch durchaus wohlfühlte. Er hatte sich eben mit Gymnastik und den vielen Tanzstunden in Form gehalten.

17

Die letzten fünf Jahre hatte er damit verbracht, zu lernen, überall anzuklopfen, Besetzungsbüros abzuklappern, sich mit leeren Versprechungen abspeisen zu lassen. An einen Spitzenagenten konnte man nur herankommen, wenn man nachweislich ein paar gute Rollen gespielt hatte. Und bei den wirklich renommierten Besetzungsbüros, konnte man wiederum nur von einem mit allen Wassern gewaschenen Agenten eingeschleust werden. Gelegentlich bekam er dann auch noch den vernichtenden Satz zu hören: »Sie sind ein Brian-Kent-Typ, und das hilft Ihnen nicht gerade.«

Bei der Erinnerung daran geriet Jimmy in Wut. Er schüttelte den Kopf. Und all das, nachdem seine Mutter den Vater überredet hatte, ihm ein Jahr bei diesem ›Versuch mit der Schauspielerei‹, wie sie es nannte, finanziell unter die Arme zu greifen.

In Jimmy kochte wieder der alte Zorn. Seinem Vater hatte das, was er tat, noch nie gepaßt. War er etwa auf Jimmys tolle Leistung im ›Tod eines Handlungsreisenden‹ stolz gewesen? Keine Spur. Sein Vater wünschte sich eine Sportskanone als Sohn, für den hätte er sich die Kehle heiser geschrien.

Jimmy dachte gar nicht daran, seinen Vater um weitere finanzielle Unterstützung zu bitten, nachdem ihm das Geld ausgegangen war. Seine Mutter schickte ihm jeden Monat alles, was sie vom Haushaltsgeld abknapsen konnte. Der Alte mochte zwar betucht sein, aber er war eben ein Geizhals. Wenn jedoch James jr. derjenige gewesen wäre, der letzte Woche den Drei-Millionen-Dollar-Vertrag von Brian Kent unterschrieben hätte, dann wäre er wohl aus dem Häuschen geraten. ›Typisch mein Sohn‹, hätte er sich gebrüstet.

So wäre es ja auch gelaufen, wenn Caroline ihm nicht vor fünf Jahren die Rolle einfach abgenommen und Brian Kent gegeben hätte.

Jimmy erstarrte. An der Eingangstür erklangen die Stimmen. Heiliger Himmel, Caroline war nicht allein. Eine Männerstimme. Jimmy preßte sich an die Wand. Als die Tür geöffnet und die Beleuchtung eingeschaltet wurde, blickte er entgeistert nach unten. Der Lichtschein drang in den Wandschrank. Ihn konnte man bestimmt nicht sehen, aber die Kappen seiner nach draußen gerichteten ramponierten Joggingschuhe waren ja das reine Alarmsignal.

Sobald es hell war, schaute Caroline sich im Wohnzimmer um. Aus unerfindlichen Gründen wirkte das Apartment an diesem Abend irgendwie anders, fremd. Doch das lag nur daran, daß dies Lisas Todestag war. Sie umarmte Sean, der ihr sanft den Nacken massierte. »Du warst den ganzen Abend meilenweit weg, das weißt du doch.«

»Ich hänge immer an deinen Lippen.« Der Versuch fröhlich und unbeschwert darüber hinwegzugehen, schlug fehl. Ihre Stimme brach.

»Caroline, ich möchte nicht, daß du heute nacht allein bist. Laß mich bei dir bleiben. Schau mal, ich weiß doch, warum du für dich sein willst, und verstehe es auch. Geh du ins Schlafzimmer. Ich lege mich auf die Couch.«

Caroline lächelte gequält. »Nein, ich bin wirklich okay.« Sie schlang die Arme um seinen Hals. »Halt mich ganz fest, nur eine Minute, und dann fährst du nach Hause. Ich stelle den Wecker auf halb sechs. Den

Rest packe ich lieber am Morgen. Du kennst mich ja – bis Mittag voller Tatendrang, und dann sinkt die Aktivitätskurve ab.«

»Das hab ich noch gar nicht bemerkt.« Er küßte sie zärtlich auf Hals und Stirn und dann auf den Mund. Während er sie umschlungen hielt, spürte er die ungeheure Spannung in ihrem schlanken Körper.

Vorhin hatte sie ihm erklärt: »Sobald der Todestag vorbei ist, bin ich wieder ganz in Ordnung. Es sind bloß die zwei Tage davor, das ist, als ob Lisa bei mir wäre. Ein Gefühl, das immer stärker wird. Wie heute. Aber ich weiß, morgen wird alles bestens, ich fahre nach Hause, bereite mich auf die Hochzeit vor und bin glücklich.«

Zögernd löste Sean die Umarmung. Sie sah jetzt so müde aus und wirkte dabei seltsamerweise so jung. In diesem Augenblick hätte sie mit ihren sechsundzwanzig Jahren glatt für eine seiner Studentinnen im ersten Semester gehalten werden können. Er sagte ihr das und fügte hinzu: »Aber du bist bei weitem hübscher als die alle. Ein höchst erfreulicher Gedanke, aufzuwachen und als erstes dich zu sehen – und das mein ganzes Leben lang.«

Jimmy Cleary war schweißgebadet. Wenn sie nun zugelassen hätte, daß Wexford die Nacht über hierbliebe... Er wäre entdeckt worden, sobald Caroline das Brautkleid aus dem Wandschrank holte. Sie standen nur knapp dreißig Zentimeter von ihm entfernt. Wenn nun einer von ihnen den Schweißgeruch wahrnähme... Aber Wexford brach jetzt auf. »Ich bin um sieben hier, Schatz«, erklärte er.

Und du wirst sie so vorfinden, wie sie ihre Schwester vorgefunden hat, dachte Jimmy. So und nicht anders wirst du sie jeden Morgen sehen – dein Leben lang.

Caroline verriegelte die Tür hinter Sean. Sekundenlang war sie versucht, sie gleich wieder zu öffnen, ihm nachzurufen: Ja, bleib bei mir! Ich möchte nicht allein sein. Aber ich bin ja gar nicht allein, dachte sie, als sie den Türknauf losließ. Lisa ist mir so nahe an diesem Abend. Lisa. Lisa.

Sie ging ins Schlafzimmer und zog sich schnell aus. Mit Hilfe einer heißen Dusche löste sich die Verspannung in der Nacken- und Rückenmuskulatur. Sie dachte daran, wie Seans Hände diese Muskeln massiert hatten. Ich liebe ihn so sehr, flüsterte sie stumm. Lieber Gott, ich danke dir, daß du ihn mir geschickt hast. Ihr rot-weiß-gestreifter Pyjama hing an der Badezimmertür. Sie hatte ihn in einer Boutique in der Madison Avenue entdeckt, beim Kauf von Unterwäsche und Nachthemden. »Wenn er Ihnen gefällt, sollten Sie lieber rasch zugreifen«, hatte die Verkäuferin gesagt. »In Rot haben wir nur dieses eine Modell hereinbekommen. Es ist bequem und dabei unheimlich flott.«

Nur ein Modell. Das hatte den Ausschlag gegeben. Mit am schwersten war es ihr in diesen letzten fünf Jahren gefallen, nicht mehr – wie gewohnt – alles doppelt zu kaufen. Wenn immer sie von einem Stück angetan gewesen war, hatte sie automatisch ein zweites mitgenommen. Und Lisa genauso. Ihre sämtlichen Maße stimmten überein, auch das Gewicht. Sogar ihren Eltern bereitete es Schwierigkeiten, sie auseinanderzuhalten. Im vorletzten High-School-Jahr hatte Mutter sie genötigt, sich für den Ball verschiedene

Kleider zu kaufen. Sie waren getrennt losgezogen, jede in ein anderes Geschäft, und mit haargenau dem gleichen Kleid aus blau-weiß getupftem Schweizer Musselin nach Hause gekommen.

Ein Jahr später hatten sie unter Tränen ihren Eltern und dem Schulpsychologen zugestimmt, sie würden sich selbst einen Gefallen tun, wenn sie verschiedene Colleges besuchten und nicht ständig ihr Schicksal als eineiige Zwillinge erörterten. »Vertrautheit ist etwas Wunderbares«, hatte der Psychologe gesagt, »aber Sie müssen lernen, sich als Individuen zu sehen. Keine von Ihnen kann zur vollen Entfaltung Ihrer Persönlichkeit gelangen, wenn sie weder sich selbst noch der anderen genügend Spielraum läßt.«

Caroline war nach Rawlings gegangen, Lisa nach Südkalifornien. Im College amüsierte sich Caroline köstlich, als alle annahmen, sie habe ihre eigenen Fotos mit der Widmung versehen: »Für meine beste Freundin.« Sogar ihre Abschlußfeiern fanden am selben Tag statt. Mutter war zu Lisa gefahren, Vater hatte Caroline besucht, um an der Verleihung der Urkunden teilzunehmen. Caroline ging ins Wohnzimmer, legte die Sicherheitskette am Hintereingang vor, stellte den Fernseher an und begann lustlos mit ihren Rumpfbeugen seitwärts. Der Werbespot einer Lebensversicherung wurde eingeblendet. »Ist es nicht tröstlich zu wissen, daß Ihre Angehörigen nach Ihrem Tode versorgt sind?« Caroline schaltete den Fernseher ab, löschte das Licht im Wohnzimmer, lief ins Schlafzimmer und schlüpfte unter die Bettdecke. Sie lag auf der Seite, die Beine angewinkelt, das Gesicht in den Händen vergraben.

Sean Wexford wurde das Gefühl nicht los, etwas falsch gemacht zu haben; er hätte es rundweg ablehnen müssen, Caroline allein zu lassen. Etliche Minuten lang saß er im Wagen und schaute zu ihrer Haustür hinüber. Andererseits brauchte sie dringend ihre Ruhe. Kopfschüttelnd drehte er den Zündschlüssel herum.

Auf der Heimfahrt schwankte seine Stimmungslage dauernd zwischen Sorge um Caroline und Vorfreude auf die Hochzeit in acht Tagen. Er hatte nicht schlecht gestaunt, als sie voriges Jahr über den Campus von Princeton gejoggt war. In Rawlings hatte sie nur eine seiner Vorlesungen besucht. Damals war er vollauf mit seiner Doktorarbeit beschäftigt gewesen und nicht einmal im Traum auf die Idee gekommen, sich mit einem Mädchen zu verabreden. An jenem Morgen vor einem Jahr hatte sie ihm erzählt, sie gehe auf die Columbia Law School, volontiere als Schreibkraft bei einem Richter am Superior Court von New Jersey und werde danach im Büro des Generalstaatsanwalts in Trenton arbeiten. Und bei dieser ersten Tasse Kaffee wußten wir beide, was mit uns geschah, dachte Sean, als er Carolines Wagen in die Zufahrt steuerte und hinter seinen parkte. Er ging ins Haus und lächelte vergnügt bei dem Gedanken, daß ihre beiden Autos bald für immer zusammen in der Zufahrt stehen würden.

Es verblüffte Jimmy Cleary, daß Caroline den Fernseher so abrupt ausgeschaltet hatte. Wieder fiel ihm die Frage ein, mit der die Schauspielschüler von Cory Zola konfrontiert worden waren. *Stellt euch eine Frau vor, die nur noch knapp zwei Stunden zu leben hat. Spürt sie es? Spult sie ihren normalen Tageslauf ab?* Vielleicht witterte Caroline Gefahr. Später würde er die Frage im Unterricht wieder aufs Tapet bringen. »Meiner Meinung nach wirkt es belebend auf den Geist, wenn er sich anschickt, den Körper zu verlassen.« Er vermutete, daß Zola dies als tiefschürfende Erkenntnis werten würde.

Jimmy spürte einen Krampf im Bein. Er war es nicht gewöhnt, so lange stillzustehen, aber wenn es sein mußte, konnte er bis zum Schluß durchhalten. Wenn Carolines Intuition sie vor einer drohenden Gefahr warnte, dann würde sie auf jedes noch so geringe Geräusch achten. Diese Gartenwohnung hatte keine dikken Wände. Ein Schrei, und womöglich hörte sie jemand. Zu seiner Erleichterung hatte sie die Schlafzimmertür offengelassen. Sehen konnte er zwar nichts, aber er brauchte sich wenigstens keine Gedanken zu machen, ob die Tür knarrte, wenn er zu ihr schlich.

Jimmy schloß die Augen. Er wollte sich genau vergegenwärtigen, in welcher Körperhaltung er ihre Schwester aufgeweckt hatte. Ein Knie auf dem Boden neben ihrem Bett, die Arme erhoben, um zuzupacken, die Hände über ihrem Mund, um den Angstschrei zu ersticken. Ein bis zwei Minuten hatte er damals neben der anderen gekniet, bevor er sie weckte. Diesen Luxus könnte er sich jetzt wohl kaum leisten. Caroline schlief bestimmt nicht allzu tief. Ihr Unterbewußtsein würde auf sie einhämmern und ihr dringend raten, sich zu hüten.

Hüte dich. Ein wunderbares Wort. Wie geschaffen, um auf der Bühne geflüstert zu werden. Jetzt stand ihm eine Bühnenkarriere offen. Broadway. Nicht annähernd die Gage, die man für einen Film bekommen würde, aber dafür Prestige. Sein Name in Leuchtschrift über dem Portal.

Caroline brachte ihm Unglück, sie war sein böser Geist und sollte nun beseitigt werden.

Sie lag zusammengekuschelt im Bett und erschauerte. Die weiche Daunendecke vermochte nichts gegen das Zittern, und Caroline hatte Angst. Furchtbare Angst. Warum nur? »Lisa«, flüsterte sie. »War dir auch so zumute, Lisa? Bist du aufgewacht? Wußtest du, was mit dir geschehen würde?« *Habe ich dich in jener Nacht aufschreien gehört und einfach weitergeschlafen?*

Sie konnte sich bis jetzt nicht erinnern. Nur ein flüchtiger Eindruck, ein unscharfes, verschwommenes Bild war in den Wochen nach Lisas Tod mehrmals zurückgekehrt. Sie hatte mit Sean darüber gesprochen. »Ich halte es für möglich, daß ich sie gehört habe. Wenn ich mich doch nur gezwungen hätte, wach zu werden, vielleicht...«

Sean hatte ihr klargemacht, daß ihre Reaktion typisch sei für die Angehörigen der Opfer. Das ›Wennich-doch-nur‹-Syndrom. In diesem letzten Jahr hatte sie durch ihn und mit ihm allmählich Frieden gefunden, die Wunden begannen langsam zu verheilen. Aber nun schienen sie erneut aufzureißen.

Caroline drehte sich im Bett um und zwang sich, Beine und Arme auszustrecken. ›Irrationale Angst und tiefe Traurigkeit sind Symptome von Depressionen‹, hatte sie gelesen. Traurigkeit ist durchaus verständlich am Todestag, dachte sie. Aber der Angst werde ich nicht nachgeben, sondern lieber an die glücklichen Zeiten mit Lisa denken. An den letzten Abend.

Mutter und Dad waren zu einem Banker-Seminar nach San Francisco gefahren. Die Zwillinge hatten Pizza mit allen Schikanen bestellt, Wein dazu getrunken und sich die Köpfe heiß geredet, über Lisas Entschluß, Jura zu studieren. Caroline hatte die Aufnahmeprüfung ebenfalls gemacht, war sich aber noch nicht klar darüber, was sie tun wollte.

»Ich war wirklich mit Begeisterung in der Theatergruppe«, hatte sie Lisa gestanden. »Ich selbst bin zwar keine gute Schauspielerin, aber ich habe ein Gespür für darstellerische Qualität. Ich glaube, in der Regie könnte ich es zu etwas bringen. Das Stück kam wirklich fabelhaft an, und Brian Kent wurde von einem Produzenten entdeckt. Ich wußte eben, daß er genau die richtige Besetzung für die Hauptrolle war. Sollte ich es andererseits in der Juristerei zu einem akademischen Grad bringen, könnten wir beide vielleicht eine Kanzlei eröffnen und den Mandanten sagen, daß sie für ihr Geld die doppelte Leistung kriegen.«

Gegen elf waren sie zu Bett gegangen. Ihre Zimmer lagen nebeneinander. Meist ließen sie die Verbindungstür offen, doch Lisa wollte sich noch eine Sendung im Fernsehen anschauen, und Caroline war müde, so daß sie nach dem Gutenachtkuß die Tür schloß.

Wenn ich sie doch nur offengelassen hätte, dachte sie. Ich hätte sie bestimmt gehört, falls sie noch aufschreien konnte.

Am nächsten Morgen wachte sie erst nach acht Uhr auf. Sie erinnerte sich, wie sie sich aufgesetzt und gestreckt hatte, in dem angenehmen Gefühl, das College hinter sich zu haben. Zum Studienabschluß hatte sie ebenso wie Lisa eine Europareise geschenkt bekommen, die im Sommer stattfinden sollte.

Caroline erinnerte sich, wie sie aus dem Bett gesprungen war, weil sie Lisa ein Tablett mit Kaffee und Saft bringen wollte. Während der Kaffee durch die Maschine lief, preßte sie frischen Saft aus, stellte dann Gläser, Tassen und Kaffeekanne auf ein Tablett und stieg damit die Treppe hinauf.

Lisas Tür stand einen Spaltbreit offen. Sie stieß sie mit dem Fuß auf und rief: »Aufwachen, mein Schatz! Wir sind in einer Stunde zum Tennis verabredet.«

Und dann hatte sie Lisa gesehen − den unnatürlich verdrehten Kopf, die Schnur um den Hals, die weit aufgerissenen, angsterfüllten Augen, die ausgestreckten Hände, als hätte sie etwas zurückzustoßen versucht. Caroline hatte das Tablett fallen lassen, dabei ihre Beine mit Kaffee bespritzt, sich mühsam zum Telefon geschleppt, den Notruf gewählt und dann geschrien, geschrien, bis ihr nach einem gurgelnden Kehllaut die Stimme brach. Drei Tage später wachte sie im Krankenhaus auf. Die Polizei habe sie neben Lisa liegend gefunden, den Kopf der Schwester an ihre Schulter gebettet, erzählte man ihr.

Als einziger Hinweis der unvollständige Abdruck von einem schmutzigen Joggingschuh, unmittelbar hinter der Seitentür... »Und dann«, wie ihr der leitende Kriminalbeamte später mitteilte, »war er oder sie so höflich, sich den restlichen Schmutz an der Fußmatte abzutreten.«

Wenn man Lisas Mörder doch nur gefunden hätte, dachte Caroline, als sie im Dunkeln dalag und grübelte. Die Kriminalbeamten vertraten alle die Auffassung, es sei jemand gewesen, der Lisa kannte. Keinerlei Hinweise, weder für einen Raub- noch für einen Vergewaltigungsversuch. Sie hatten Lisas Freunde ausgiebig verhört, sämtliche Partner, mit denen sie im College ausgegangen war. Ein junger Mann in der gleichen Studiengruppe war ganz verrückt nach ihr gewesen. Er galt weiterhin als Hauptverdächtiger, doch die Polizei konnte keinerlei Beweis dafür erbringen, daß er sich in der fraglichen Nacht in St. Paul aufgehalten hatte.

Man hatte den Fall im Hinblick auf eine mögliche Verwechslung untersucht, insbesondere, nachdem bekannt geworden war, beide Schwestern hätten ihren Freunden im College gegenüber nie etwas von eineiigen Zwillingen erwähnt. »Zuerst verschwiegen wir es, weil wir doch versprochen hatten, nicht darüber zu reden. Dann wurde es für uns so eine Art Spiel«, erklärte Caroline.

»Haben Ihre Freunde aus dem College Sie zu Hause besucht?«

»Wir haben einfach niemanden eingeladen, weil wir die Ferien und anderen freien Tage nur zu zweit verbringen wollten.«

Ach, Lisa, dachte Caroline jetzt, wenn ich doch nur wüßte, warum! Wenn ich dir doch nur hätte helfen können in jener Nacht! Sie war nicht schläfrig, fühlte sich aber auf einmal wie ausgelaugt.

Schließlich fielen ihr die Augen zu. O Lisa, dachte sie, ich wünschte, du hättest auch ein solches Glück erlebt wie ich. Wenn ich es doch nur wieder gutmachen könnte an dir...

Das Fenster war ein Stückchen hochgeschoben und

durch die seitlichen Haltevorrichtungen abgesichert. Ein heftiger Windstoß ließ die Jalousie klappern. Caroline fuhr hoch, erkannte, was passiert war, und legte sich wieder zurück in die Kissen, was sie einiges an Selbstüberwindung kostete. Hör auf damit, ermahnte sie sich, hör endlich auf. Energisch schloß sie die Augen und fiel nach einer Weile in einen leichten Schlaf voller Träume, einen Schlaf, in dem Lisa versuchte, nach ihr zu rufen, versuchte, sie zu warnen.

Der Augenblick war gekommen. Jimmy Cleary spürte es förmlich. Kein raschelndes Bettzeug mehr. Im Schlafzimmer herrschte völlige Stille. Er kam aus seinem Versteck hinter den Wintermänteln hervor und schob den Sack mit Carolines Brautkleid zur Seite. Als er die Tür des Wandschranks aufdrückte, knarrte sie leise in den Angeln, doch im Schlafzimmer war keinerlei Reaktion zu vernehmen. Er durchquerte den Wohnraum bis zur Schlafzimmertür. Caroline hatte in einer Steckdose eine Nachtbeleuchtung angeschlossen, die gerade genug Helligkeit verbreitete, um ihm zu zeigen, daß sie unruhig schlief. Ihr Atem ging gleichmäßig, aber flach. Sie drehte mehrmals den Kopf von einer Seite zur anderen, als wollte sie gegen irgend etwas protestieren.

Jimmy tastete in seiner Tasche nach der Schnur. Daß sie von derselben Rolle in seinem Angelgerät stammte, die er bei ihrer Schwester benutzt hatte, verschaffte ihm ein seltsames Gefühl der Genugtuung. Er trug sogar denselben Jogginganzug wie vor fünf Jahren und dieselben Schuhe. Sie zu behalten, war ein bißchen riskant, gar keine Frage, falls ihn die Bullen je verhören sollten, doch er hatte es nie fertiggebracht, das Zeug wegzuwerfen. Statt dessen hatte er es zusammen mit anderen Sachen in einem gemieteten Lagerraum verstaut, wo niemand irgendwelche Fragen stellte. Natürlich hatte er dabei einen anderen Namen benutzt.

Auf den Zehenspitzen schlich er zu Carolines Bett und kniete sich daneben hin. Eine volle Minute konnte er sich den Genuß gönnen, sie zu beobachten, bevor sie die Augen aufschlug und seine Hände sich auf ihren Mund preßten.

Sean sah sich die Zehn-Uhr-Nachrichten an, merkte, daß er nicht das leiseste Bedürfnis nach Schlaf hatte, und nahm sich ein Buch vor, das er gern lesen wollte. Nach wenigen Minuten warf er es ungeduldig beiseite. Irgend etwas stimmte nicht. Es war mit den Händen zu greifen — gerade so, als würde aus dem Nebenzimmer Rauch dringen und einem sofort verraten, daß im Haus Feuer ausgebrochen war. Er würde Caroline anrufen. Sich vergewissern, wie es ihr ging. Andererseits hatte sie es vielleicht doch geschafft, etwas Schlaf zu finden. Er trat an die Hausbar und goß sich ein ordentliches Glas Scotch ein. Nach ein paar Schlucken wurde ihm klar, daß er sich wahrscheinlich wie ein nervöses altes Waschweib aufführte.

Caroline schlug die Augen auf, als sie ihren geflüsterten Namen hörte. Ein Alptraum, dachte sie und wollte losschreien. Da spürte sie die Hand wie eine eiserne Klammer auf ihrem Mund, eine harte, muskulöse Hand, die ihre Backenknochen zusammenpreßte, ihre

Lippen aufeinanderdrückte, ihre Nasenlöcher halb bedeckte. Keuchend rang sie nach Luft. Die Hand rutschte ein winziges Stück nach unten, so daß sie atmen konnte. Sie versuchte, sich loszureißen, doch da hielt sie der Mann mit dem anderen Arm fest. Sein Gesicht war ganz dicht vor ihrem. »Caroline«, flüsterte er, »ich bin gekommen, um meinen Irrtum zu korrigieren.«

Im Halbdunkel der Nachtbeleuchtung zeichnete sich nur eine unheimliche, schattenhafte Gestalt ab. Doch die Stimme – die hatte sie früher schon gehört. Diese markante Stirn, das quadratische Kinn. Diese kräftigen Schultern. Wer war das?

»Caroline, die Meisterregisseurin.«

Nun erkannte sie die Stimme. Jimmy Cleary. Jimmy Cleary, und in der gleichen Sekunde wurde ihr schlagartig der Grund klar. Wie im Film sah sie die Szene wieder vor sich, als sie Jimmy eröffnet hatte, er sei nicht die richtige Besetzung für die Rolle. Er hatte es so gut hingenommen. Zu gut. Sie wollte es nicht wahrhaben, daß er Theater spielte. Sich vorzumachen, er würde ihre Entscheidung akzeptieren, war einfacher. *Und er hat Lisa getötet, als er eigentlich mich umbringen wollte.* Der tiefe Seufzer, der ihr über die Lippen kam, verhallte ungehört unter seiner Hand. Meine Schuld. Alles meine Schuld.

Und dann hörte sie Lisas Stimme, so deutlich, als ob sie ihr ins Ohr flüsterte, ihr Geheimnisse anvertraute wie in Kindertagen. *Es ist nicht deine Schuld. Aber wenn du es zuläßt, daß er abermals tötet, dann trifft dich daran die Schuld. Erspar Mutter und Dad diesen Schlag. Erspar ihn Sean. Werde alt und grau, um meinetwillen. Bring Kinder zur Welt. Nenn eins nach mir. Du mußt leben. Hör auf mich. Sag ihm, daß er sich nicht geirrt hat. Sag ihm, daß du mich auch gehaßt hast. Ich helfe dir.*

Jimmys heißer Atem berührte ihre Wange. Er sprach von der Rolle, von Brian Kent, den der Produzent unter Vertrag genommen hatte, von Brians neuem Kontrakt. »Ich werde dich töten, genauso, wie ich deine Schwester umgebracht habe. Ein Schauspieler läßt nicht locker, bis er seine Rolle perfekt beherrscht. Möchtest du hören, was ich als letztes zu deiner Schwester gesagt habe?«

Erzähl ihm, du bist ich, Lisa.

Für den Bruchteil einer Sekunde wurde Caroline wieder zur Sechsjährigen. Sie und Lisa spielten auf der Baustelle neben ihrem Haus. Lisa, wie immer die Waghalsigere, Standfestere, kletterte voran über die aufgetürmten Ziegel. »Sei doch kein solcher Hasenfuß«, drängte sie. »Komm einfach hinter mir her.«

Sie hörte sich flüstern: »Ich würde brennend gern alles genau erfahren. Ich möchte wissen, wie sie starb. Dann habe ich etwas zu lachen. Sie haben Caroline umgebracht. Ich bin Lisa.«

Sie spürte, wie ihr die Hand einen rabiaten Schlag auf den Mund versetzte.

Jemand hatte das Textbuch umgeschrieben. Wütend bohrte ihr Jimmy die Finger in die Backenknochen. Wessen Backenknochen? Carolines? Falls er sie tatsächlich bereits ins Jenseits befördert hatte, wieso war dann in seiner Pechsträhne keine Wende eingetreten? Ohne den über ihrer Brust liegenden Arm zu bewegen, zog er die Schnur aus der Tasche seines Trainingsanzugs. Bring's hinter dich, redete er sich zu. Wenn beide tot sind, kannst du ganz sicher sein, daß du Caroline erledigt hast.

Doch es war, als stünde man im dritten Akt auf der Bühne und wüßte nicht, wie das Stück enden würde. Wenn der Schauspieler den Höhepunkt des Dramas nicht kannte, wie konnte man dann beim Publikum irgendwelche Spannung erwarten? Denn es gab ein Publikum. Ein unsichtbares Publikum namens Schicksal. Er mußte ganz sichergehen. »Wenn du zu schreien versuchst, kommst du nicht mal mehr dazu, auch nur aufzujaulen«, erklärte er. »Das war alles, was deine Schwester noch rausgekriegt hat – ein Gejaule.«

Sie hatte Lisa also in jener Nacht gehört.

»Wenn du versprichst, nicht zu schreien, brauchst du bloß zu nicken. Ich will mit dir reden. Falls du mich überzeugst, lasse ich dich vielleicht am Leben. Wexford möchte dich doch jeden Morgen als erstes sehen – bis ans Ende seiner Tage, stimmt's? Ich hab gehört, wie er's gesagt hat.«

Jimmy Cleary war bei ihrer Ankunft bereits in der Wohnung gewesen. Caroline wurde schwarz vor Augen.

Tu, was er sagt! Untersteh dich, in Ohnmacht zu fallen. Lisas Kommandostimme. »Zu Befehl, Fürstin«, war sie dann jedesmal von Caroline aufgezogen worden, und sie hatten gemeinsam gelacht.

Jimmy hob den Arm, mit dem er Caroline niederhielt, legte ihr die Schnur um den Hals und befestigte sie zu einer Schlinge. Sie war zweimal so lang wie das Stück, das er beim vorigen Mal benutzt hatte. Ihm war eingefallen, daß er sie diesmal doppelt verknoten würde, eine eindrucksvolle Geste für den Schlußakt, ein symbolischer Abgesang im Rampenlicht des Todes, ehe der Vorhang fiel.

Die Überlänge gab ihm die Möglichkeit, sie zu manipulieren. Ruhig verlangte er, sie solle aufstehen, er sei hungrig. Er wollte, daß sie ihm ein Sandwich zurechtmache und Kaffee koche, er werde das Ende der Schnur festhalten und die Schlinge zuziehen, um sie zu erdrosseln, falls sie Alarm schlage oder sonstige Mätzchen versuche.

Tu, was er sagt.

Gehorsam setzte Caroline sich auf, sobald Jimmy den Arm wegnahm, der auf ihr lastete. Ihre Füße berührten den kühlen Holzboden. Automatisch tastete sie nach ihren Hausschuhen. Vielleicht bin ich in wenigen Sekunden tot, und da denke ich noch an meine bloßen Füße, dachte sie. Als sie sich vorbeugte, schnitt ihr die Schnur in den Hals. »Nein – bitte.« Sie hörte die panische Angst in ihrer Stimme.

»Halt's Maul!« Sie spürte, wie Jimmy Clearys Hände die Schnur lockerten. »Keine schnellen Bewegungen und ja kein lautes Wort mehr!«

Nebeneinander gingen sie durch das Wohnzimmer in die Küche. Seine Hand lag auf ihrem Nacken. Seine Finger umschlossen die Schnur. Obwohl er sie gelockert hatte, empfand sie den Druck wie einen Stahlreif. Sie sah die graue Kerbe in Lisas Kehle vor sich. Zum erstenmal begann sie sich an den Rest jenes Morgens zu erinnern. Sie hatte die 911 angerufen, zu schreien angefangen und dann den Hörer fallen lassen. Lisas Leiche lag fast auf der Bettkante, als hätte sie im letzten Moment zu fliehen versucht. Ihre Haut ist blau angelaufen, sie friert, dachte ich, ich muß sie wärmen, erinnerte sich Caroline, als sie den Kühlschrank öffnete. Ich lief um das Bett herum, legte mich hinein, nahm sie in die Arme und fing an, auf sie einzureden, versuchte dabei, ihr die Schnur vom Hals zu lösen, und dann hatte ich das Gefühl, in die Tiefe zu stürzen.

Jetzt lag die Schnur um ihren Hals. Würde Sean am nächsten Morgen sie so vorfinden wie sie damals Lisa?

Nein. Das darf nicht geschehen. Mach das Sandwich. Koch ihm Kaffee. Tu so, als ob ihr beide eine große Szene spielt. Erzähl ihm, wie herrschsüchtig ich war. Los doch. Verkehre alles, was gut war, ins Gegenteil. Gib mir die Schuld so, wie er sie dir gibt.

Caroline schaute in den Kühlschrank und empfand ein flüchtiges Gefühl der Dankbarkeit, weil sie ihn noch nicht geleert hatte. Sie sorgte immer für genügend Vorräte, um Sean eine schmackhafte Auswahl bieten zu können; die Putzfrau würde morgens vorbeikommen und alles mitnehmen. Sie holte Schinken, Käse und Putenfleisch heraus, dazu Kopfsalat, Majonnaise und Senf — genau die Zutaten für Jimmys Standardbestellung, wenn sie in Rawlings nach der Probe noch eine Kleinigkeit essen gegangen waren; zu dieser ›Hero‹ genannten Spezialität gehörte ein italienisches Brötchen.

Du erinnerst dich daran, aber woher soll ich das wissen? Frag ihn, was er haben möchte.

Sie blickte hoch. Das einzige Licht kam aus dem Kühlschrank, aber ihre Augen gewöhnten sich an die Dunkelheit. Sie konnte das unverwechselbare quadratische Kinn, das Jimmy Clearys Gesicht diesen harten Zug verlieh, ebenso deutlich sehen wie seine zornige, verwirrte Miene. Ihr Mund war wie ausgedörrt vor

Angst, als sie flüsterte: »Was für ein Sandwich möchten Sie? Putenfleisch? Schinken? Ich habe Weizenvollkornbrot oder italienische Brötchen da.«

Sie merkte, daß sie die erste Prüfung bestanden hatte.

»Alles. Auf einem Brötchen garniert.«

Sie spürte, daß die Schnur ein wenig gelockert wurde, und setzte den Wasserkessel auf. Jimmy Cleary trank immer Kaffee, auch wenn alle anderen Sodawasser bestellten. Flink machte sie das Sandwich zurecht, schichtete Lagen von Putenfleisch und Schinken auf den Käse, umlegte das Ganze mit Salatblättern, kleckste Majonnaise und Senf darüber.

Er setzte sich an den Tisch, zog sie auf einen Stuhl neben sich. Sie goß sich Kaffee ein, zwang sich, ein paar Schlucke zu trinken. Die Schnur schnitt ihr in den Hals. Sie hob die Hand, um sie zu lockern.

»Nicht anfassen.« Er ließ ihr etwas mehr Spielraum.

»Vielen Dank.« Sie beobachtete ihn, als er das Sandwich hinunterschlang.

Sprich mit ihm. Du mußt ihn überzeugen, bevor es zu spät ist.

»Ich glaube, Sie haben mir Ihren Namen genannt, aber ich habe ihn nicht richtig verstanden.«

Er würgte den letzten Bissen hinunter. »Auf den Plakaten steht James Cleary. Mein Agent und meine Freunde nennen mich Jimmy.«

Gierig stürzte er sich auf den Kaffee. Wie konnte sie erreichen, daß er ihr glaubte, ihr vertraute? Von ihrem Platz aus sah Caroline die Konturen des Wandschranks. Die Tür war doch vorhin fast geschlossen gewesen. Er mußte sich darin versteckt haben. Sean hatte unbedingt bei ihr bleiben wollen. O Gott, wenn sie es doch nur zugelassen hätte! In jenen ersten beiden Jahren nach Lisas Tod hatte es Zeiten gegeben, wo der Kampf, Tag für Tag durchzustehen, beinahe über ihre Kräfte gegangen war. Lediglich die harten Anforderungen des Jurastudiums hatten sie davor bewahrt, in Depression und Selbstmordgedanken zu versinken. Jetzt sah sie Seans Gesicht vor sich, das sie so unaussprechlich liebte. Ich will leben, dachte sie. Ich will mein Leben zu Ende leben.

Jimmy Cleary fühlte sich wohler. Er hatte nicht gemerkt, wie ausgehungert er war. Irgendwie lief es diesmal besser als vor fünf Jahren. Jetzt spielte er ein Katz-und-Maus-Spiel. Jetzt war er der Richter. War dies Caroline? Vielleicht hatte er sich beim letztenmal doch nicht geirrt. Aber wenn er tatsächlich Caroline erwischt hatte, warum wurde er dann weiter vom Pech verfolgt? Er trank den Kaffee aus. Seine Finger umschlossen das Ende der Schnur und zogen die Schlinge eine Spur enger zusammen. Er langte hinüber zur Tischlampe und knipste sie an, um ihr Gesicht besser beobachten zu können. »Also, schieß los«, sagte er leichthin. »Warum sollte ich dir glauben? Und wenn ich dir glaube, warum sollte ich dich am Leben lassen?«

Sean zog sich aus und duschte. Er musterte sich eingehend im Badezimmerspiegel. In zehn Tagen wurde er vierunddreißig. Und Caroline einen Tag später siebenundzwanzig. Sie würden beide Geburtstage in Venedig feiern. Auf dem Markusplatz sitzen, Wein trinken, Geigen schluchzen hören, die vorbeigleitenden Gondeln beobachten. Ein idyllisches Bild, das ihm in den letzten paar Wochen öfter vor Augen gestanden hatte. An diesem Abend jedoch erlitt er offenbar einen Fehlschlag. Das Bild ließ sich einfach nicht heraufbeschwören.

Er mußte mit Caroline reden. In ein dickes Badelaken eingehüllt, ging er zum Telefon neben seinem Bett. Es war kurz vor Mitternacht. Trotzdem wählte er ihre Nummer. Zum Teufel mit den faulen Ausreden, dachte er. Ich sag ihr einfach, daß ich sie liebe.

»Es ist gar nicht so einfach, ein Zwilling zu sein.« Caroline hob den Kopf, so daß sie Jimmy Cleary direkt ins Gesicht sehen konnte. »Meine Schwester und ich haben uns viel gestritten. Ich nannte sie immer die Fürstin. Sie war so herrschsüchtig. Schon in unserer Kindheit stellte sie alles mögliche an und gab mir dann die Schuld. Schließlich begann ich sie regelrecht zu hassen. Deswegen besuchten wir auch verschiedene Colleges, eins an der Ost-, das andere an der Westküste, dazwischen der Kontinent. Ich wollte unbedingt weit weg von ihr, denn ich war ihr Schatten, ihr Spiegelbild, eine Unperson. An dem letzten Abend damals wollte sie fernsehen, und ihr Apparat war kaputt, darum tauschten wir die Zimmer. Auf ihren Wunsch natürlich. Als ich sie am nächsten Morgen fand, klappte ich wahrscheinlich einfach zusammen. Aber Sie sehen ja, nicht mal meine Eltern haben den Irrtum erkannt.«

Caroline riß die Augen weit auf, senkte die Stimme, es sollte wie eine ganz persönliche, vertrauliche Mitteilung klingen. »Sie sind Schauspieler, Jimmy. Sie können das verstehen. Als ich wieder zu mir kam, nannten sie mich Caroline. Wissen Sie, was die ersten Worte meiner Mutter waren, als ich aufwachte? ›Ach, Carolin wir danken Gott, daß es nicht dich getroffen hat!‹«

Ausgezeichnet. Du kommst an ihn heran.

Sie war wieder sechs und spielte mit ihrer Schwester auf der Baustelle. Lisa rannte schneller und schneller. Caroline schaute nach unten, und ihr wurde schwindlig. Aber sie hatte trotzdem versucht, es ihr gleichzutun.

Jimmy amüsierte sich königlich. Er kam sich vor wie ein Agent, der eine Rolle zu besetzen hat und eine vielversprechende Bewerberin auffordert, ihm ihre Auffassung sachlich zu interpretieren. »Du hast dann also einfach beschlossen, von da an Caroline zu verkörpern. Wie bist du damit durchgekommen? Caroline hat das College in Rawlings besucht. Was ist passiert, wenn Carolines Freunde aus Rawlings aufgekreuzt sind?«

Caroline trank ihren Kaffee aus. Sie konnte den flakkernden, irren Blick in seinen Augen deutlich erkennen. »Das war wirklich kein Kunststück. Schock. Damit war alles erklärt. Ich gab vor, mich an viele gemeinsame Freunde und Bekannte nicht zu erinnern. Die Ärzte nannten es eine psychisch bedingte Amnesie. Jeder hatte Verständnis dafür.«

Entweder war sie eine verdammt gute Schauspielerin, oder sie sprach die Wahrheit. Jedenfalls faszinierte sie ihn. Seine Wut begann sich teilweise zu verflüchtigen. Dieses Mädchen war anders als Caroline. Sanfter. Netter. Er fühlte sich ihr innerlich verwandt, eine von Bedauern überschattete Verbundenheit. Was es auch sein mochte, er durfte sie nicht am Leben lassen. Der einzige Haken dabei war der — wenn er tatsächlich Caroline getötet hatte, wenn sie nicht log, und da war er sich immer noch nicht sicher — warum hatte dann das Verhängnis nicht vor fünf Jahren geendet?

Dieser süße rot-weiß-gestreifte Pyjama, den sie anhatte. Er legte ihr die Hand auf den Arm, zog sie gleich darauf wieder zurück. Plötzlich fiel ihm etwas ein. »Was ist mit Wexford? Wie seid ihr beide zusammengekommen?«

»Wir sind einfach ineinander reingerannt. Ich hörte ihn ›Caroline‹ rufen und wußte, das war jemand, den ich kennen müßte. Sobald er mich beim Joggen eingeholt hatte, nannte er seinen Namen und erzählte gleich darauf, ich hätte bei ihm Vorlesungen gehabt, also brauchte ich bloß noch mitzuspielen.«

Erinnere Jimmy daran, daß Sean sich in Rawlings um die echte Caroline überhaupt nicht gekümmert hat. Mach ihm klar, daß er sich Hals über Kopf in dich verliebt hat.

Jimmy rutschte unruhig hin und her.

»Ich kann Ihnen gar nicht schildern, wie oft Sean versichert hat, ich wäre so viel netter geworden«, fuhr Caroline fort. »Kein Wunder, ich bin ja auch nicht dieselbe, die er früher gekannt hat. Finden Sie das nicht toll? Ich bin froh, Sie als Mitwisser zu haben, Jimmy. Sie sind in den letzten fünf Jahren mein geheimer Wohltäter gewesen, und nun lerne ich Sie endlich kennen. Möchten Sie noch Kaffee?«

Versuchte sie ihn mit Schmus einzuwickeln? Meinte sie es ehrlich? Er tippte sie an. »Noch eine Tassee Kaffee, das klingt nicht schlecht.« Er stand etwas seitlich hinter ihr, als sie die Heizplatte unter dem Wasserkessel anstellte. Ein bildhübsches Mädchen. Doch ihm war klar, daß er sie nicht am Leben lassen durfte. Er würde den Kaffee austrinken, sie ins Schlafzimmer zurückbringen und töten. Vorher wollte er ihr noch die Sache mit dem Unstern erklären. Er sah auf die Uhr – halb eins. Die andere Schwester hatte er um null Uhr vierzig umgebracht, das Timing war also perfekt. Er hatte wieder das Bild vor Augen, wie die andere die Hände ausstreckte, als wollte sie ihn packen, wie ihre Augen loderten und heraustraten. Manchmal träumte er davon. Bei Tageslicht tat ihm die Erinnerung wohl. Nachts brach ihm der Schweiß aus.

Das Telefon klingelte.

Caroline umklammerte krampfhaft den Henkel des Wasserkessels. Es war Sean; sie wußte es. Er hatte sie des öfteren nachts angerufen, wenn er spürte, daß sie schrecklich bedrückt war und vermutlich nicht schlafen konnte.

Überzeuge Jimmy, daß du unbedingt ans Telefon gehen mußt. Du mußt Sean irgendwie wissen lassen, daß du ihn brauchst.

Das Telefon läutete ein zweites, ein drittes Mal.

Auf Jimmys Stirn und Oberlippe glänzte Schweiß.
»Vergiß es«, sagte er.

»Das ist Sean, da bin ich ganz sicher, Jimmy. Wenn ich mich nicht melde, denkt er bestimmt, es ist irgendwas passiert. Ich will ihn nicht hier haben, ich möchte mit Ihnen reden.«

Jimmy überlegte. Wenn das Wexford war, hatte sie wahrscheinlich die Wahrheit gesagt. Das Telefon klingelte wieder. Es war an einen Anrufbeantworter angeschlossen. Jimmy drückte auf die Konferenzschaltung, hob den Hörer ab und gab in ihr. Er ließ die Schnur um ihren Hals etwas locker.

Caroline wußte, daß sie sich kein Beben in der Stimme leisten durfte. »Hallo.« Sie markierte Verschlafenheit und wurde durch einen etwas nachlassenden Druck am Hals belohnt.

»Caroline, Schatz, du hast offenbar schon geschlafen. Entschuldige. Ich hab mir Sorgen um dich gemacht, weil ich weiß, wie scheußlich dir in dieser Nacht zumute ist.«

»Nein, ich freue mich über deinen Anruf. Ich hab nicht richtig geschlafen, war nur gerade am Eindösen.« Was kann ich ihm bloß sagen? Caroline zermarterte sich das Hirn.

Das Kleid. Dein Brautkleid.

»Es ist schon reichlich spät«, hörte sie Sean sagen. »Hast du heute doch noch zu Ende gepackt?«

»Ja, ich war hellwach und hab jetzt alles fertig.«

Jimmy wurde ungeduldig. Er bedeutete ihr, sich kurz zu fassen. Caroline biß sich auf die Lippen. Wenn sie die Situation nicht kaltblütig im Griff behielt, war alles aus. »Es war so lieb von dir, noch mal anzurufen, Sean, und mir geht's wirklich prima. Ich bin pünktlich fertig, um sieben Uhr dreißig. Nur eine Frage. Hast du daran gedacht, die Verkäuferin zu bitten, daß die Ärmel von meinem Brautkleid beim Einpacken ordentlich mit Seidenpapier ausgestopft werden, damit sie nicht knittern?« Bitte, lieber Gott, gib, daß Sean mich jetzt nicht verrät, dachte sie.

Sean fühlte, wie seine Finger, die den Hörer hielten, feucht wurden. Das Kleid. Carolines Brautkleid hatte ja gar keine Ärmel. Und da war noch etwas. Ihre Stimme klang irgendwie hohl. Sie lag nicht im Bett. Sie war am Telefon in der Küche, und die Konferenzschaltung lief. Sie war nicht allein. Mit äußerster Anstrengung hielt er seine Stimme im Zaum. »Schatz, ich kann auf einen Stapel Bibeln schwören, daß die Verkäuferin was in der Richtung gesagt hat. Ich glaube, deine Mutter hat sie auch telefonisch daran erinnert. Jetzt hör mal zu. Du mußt versuchen, wenigstens ein bißchen zu schlafen. Bis morgen früh, vergiß nicht – ich liebe dich.« Es gelang ihm, den Hörer geräuschlos aufzulegen. Dann warf er das Badelaken beiseite und zog seinen Trainingsanzug aus dem Schrank. Carolines Wohnungsschlüssel lagen neben seinen Wagenschlüsseln auf der Kommode. Sollte er sich die Zeit nehmen, die Polizei anzurufen? Das Autotelefon. Er konnte das unterwegs erledigen. Lieber Gott, laß es nicht zu, bitte...

Er hatte begriffen, Caroline legte den Hörer auf und sah Jimmy an. »Gut gemacht«, lobte er. »Weißt du was, ich fange allmählich an, dir zu glauben.« Er führte sie zurück ins Schlafzimmer und zwang sie, sich hinzulegen. Den Arm quer über sie gestreckt, hielt er sie in der Horizontale, genau wie damals ihre Schwester. Dann erläuterte er ihr, was ihm sein Lehrer, Cory Zola, über den Unstern gesagt hatte. »Vergangene Woche spielten wir im Unterricht eine Duell-Szene, und dabei geriet ich ziemlich in Rage. Ich brachte meinem Partner eine Schnittwunde bei. Zola regte sich mordsmäßig über mich auf, ich wollte ihm klarmachen, daß ich an die Person dachte, die mir diese

Pechsträhne eingebrockt hatte, und wie seitdem alles schiefging. Daraufhin verlangte er von mir, so lange dem Unterricht fernzubleiben, bis ich mich davon frei gemacht habe. Selbst wenn ich dir also glaube, daß ich voriges Mal Caroline erwischt hab, muß ich trotzdem dieses Gefühl loswerden, denn ich kann erst wieder den Unterricht besuchen, wenn ich davon frei bin. Und auf meiner Tagesordnung, Lisa — das ist doch der richtige Name, wie? — stehst du als Nachfolgerin.«

Seine Augen funkelten. Der Blick war leer, kalt. Er ist wahnsinnig, dachte Caroline. Sean braucht fünfzehn Minuten bis hierher. Drei sind verstrichen. Noch zwölf Minuten. Hilf mir Lisa.

Brian Kent ist die Schlüsselfigur seines Unglücks. Zwei Fremde im Zug.

Ihr Mund war völlig ausgedörrt, Jimmys Gesicht so dicht vor ihrem. Sie konnte den Schweiß riechen, der ihm aus allen Poren quoll und spürte, wie seine Finger an der Schnur zu ziehen begannen. Es gelang ihr, einen sachlichen Ton anzuschlagen. »Mich umzubringen, das ist keine Lösung. Brian Kent ist der Unstern, nicht ich. Wenn er aus dem Weg geräumt wird, dann haben Sie Ihre Chance. Und wenn ich ihn töte, haben Sie mich genauso fest in der Hand wie ich Sie.«

Er holte tief Luft, sichtlich verblüfft, was ihr Hoffnung gab. Sie berührte seine Hand. »Spielen Sie nicht dauernd mit der Schnur herum, Jimmy, und hören Sie mir zwei Minuten zu. Darf ich mich aufsetzen?« Wieder schoß ihr die Erinnerung durch den Kopf, wie sie als Kinder auf der Baustelle gespielt hatten, Lisa voran, sie hinterher. Einmal waren sie zu einer breit klaffenden Lücke gelangt, die man für ein Fenster ausgespart hatte. Lisa war darüber hinweggesprungen. Caroline, ein paar Schritte hinter ihr, hatte gezögert, die Augen geschlossen und es mit knapper Mühe geschafft. Jetzt setzte sie ebenfalls zum Sprung an. Wenn er ihr mißlang, war alles aus. Sean kam. Sie wußte es. Sie mußte die nächsten elf Minuten überleben.

Jimmy lockerte den Arm und erlaubte ihr, sich aufrecht hinzusetzen. Sie zog die Beine an und verschränkte die Hände über den Knien. Die Schnur scheuerte an den Nackenmuskeln, doch sie wagte nicht, ihn um Abhilfe zu bitten. »Sie haben mir erzählt, Jimmy, daß Sie ein großes Problem haben – Sie sind Brian Kent zu ähnlich. Wenn nun Brian irgendwas zustößt? Man würde einen Ersatz für ihn brauchen. Also verwandeln Sie sich in ihn. Treten Sie an seine Stelle, wie ich es mit Caroline gemacht habe. Er hat einen tragischen Unfall, und die werden ganz verzweifelt jemanden suchen, der in dem Film für ihn einspringen kann. Warum sollten Sie nicht diesen Part übernehmen?«

Jimmy schüttelte sich den Schweiß von der Stirn. Das war eine völlig neue Deutung der Rolle, die Brian in seinem Leben spielte. Er hatte sich immer darauf konzentriert, ein Star zu werden, größer als Brian, ihn zu überflügeln, in Restaurants einen besseren Tisch zu bekommen als er, Brians Ruhm verblassen zu sehen. Niemals hatte er daran gedacht, daß Brian einfach von der Bildfläche verschwinden könnte. Und selbst wenn er dieses Mädchen, diese Lisa – denn jetzt glaubte er, daß sie Lisa war – umbrachte, würde Brian Kent trotzdem nach wie vor Verträge unterschreiben, für ganzseitige Zeitschriftenanzeigen posieren. Und schlimmer noch — die Agenten würden ihm, Jimmy, weiterhin unter die Nase reiben, er sei ein Brian-Kent-Typ.

Glaubte er ihr? Caroline versuchte, sich mit der Zunge die Lippen anzufeuchten. Sie waren so trocken, daß sie kaum sprechen konnte. »Wenn Sie mich jetzt töten, Jimmy, wird man Sie erwischen. Die Bullen sind doch nicht blöde. Sie überlegen ständig, ob vielleicht der falsche Zwilling ermordet wurde.«

Er hörte zu.

»Jimmy, wir können das durchziehen. ›Zwei Fremde im Zug‹ — Sie erinnern sich doch an die Handlung. Zwei Leute tauschen Morde, es gibt damit auch kein Motiv. Der Unterschied ist — wir bringen es zu Ende. Sie haben Ihren Teil bereits erledigt, nämlich Caroline für mich aus dem Weg geräumt. Lassen Sie mich jetzt Brian Kent für Sie beseitigen.«

›Zwei Fremde im Zug‹. Jimmy hatte eine Szene aus dem Film im Unterricht gespielt. Er war großartig gewesen. Cory Zola hatte gesagt: »Jimmy, du bist ein Naturtalent.« Sein flackernder Blick glitt über ihr Gesicht. Sie lächelte ihm zu. Ein kaltblütiges Luder. Wenn sie es geschafft hatte, ihrer Familie einzureden, sie sei Caroline, dann könnte sie auch durchaus imstande sein, Brian Kent hinters Licht zu führen und die Tat zu begehen. Aber was für eine Sicherheit hatte er, daß sie nicht die Bullen rufen würde, sobald er gegangen war? Er fragte sie danach.

»Na, Jimmy, Sie haben doch die beste Sicherheit, die Sie sich wünschen können. Sie wissen, daß ich Lisa bin. Carolines Fingerabdrücke wurden nie mit denen auf unseren Geburtsurkunden verglichen. Sie könnten mich verraten. Wissen Sie denn, was das für meine Eltern, für Sean bedeuten würde? Glauben Sie im Ernst, daß sie mir je verzeihen würden?« Sie sah ihm direkt in die Augen, wartete auf seinen Urteilsspruch.

Sean stürmte aus dem Haus, biß sich dann auf die Lippen. Carolines Wagen blockierte den seinen. Und er wollte doch die Polizei von unterwegs anrufen! Er rannte zurück ins Haus, griff sich ihre Autoschlüssel, fuhr ihren Wagen zur Seite und stieg in seinen. In rasantem Tempo setzte er auf die Straße zurück, riß den Hörer von der Gabel und wählte die 911.

Jimmy hatte das verwirrende Gefühl, eine Art Wiedergeburt zu erleben. Wie oft war er Brian Kent in L. A. begegnet, wenn er in seinem Porsche an ihm vorbeizischte? Vier Jahre waren sie zusammen zur Schule gegangen, doch Brian nickte ihm immer nur flüchtig zu, wenn sie sich zufällig in die Arme liefen. Ohne Brian wäre es um vieles besser. Und Lisa – sie war Lisa, das stand für ihn fest – hatte recht: er hätte sie in der Hand. Vorsichtig ließ er die Schnur etwas locker, jedoch ohne sie ihr abzunehmen. »Na gut, ich kauf dir das also ab. Und wie willst du ihn um die Ecke bringen?«

Caroline kämpfte gegen die Gefahr, sich durch die aufkeimende Hoffnung zur Unbedachtheit verleiten zu lassen. Was konnte sie ihm antworten?

Du fährst an die Westküste. Machst eine Stippvisite bei Brian.

Verzweifelt suchte sie nach einem glaubhaften Konzept. Wieder kletterte sie als Sechsjährige auf der Baustelle herum. Die Lücken zwischen den Mauerteilen klafften breiter.

Gift. Gift.

»Sean ist mit einem Professor für Pharmakologie befreundet. Der hat vorige Woche beim Abendessen davon gesprochen, wie viele nicht nachweisbare Gifte es gibt. Eins hat er genau beschrieben, mit detaillierten Angaben über die Zusammensetzung. Man kann es selber herstellen, die einzelnen Bestandteile finden sich in jeder Hausapotheke. Ein paar Tropfen genügen. Nächsten Monat, nach meiner Rückkehr von der Hochzeitsreise, muß ich zu einer Zeugenvernehmung nach Kalifornien. Dann rufe ich Brian an. Schließlich hat er seine große Chance mir — ich meine, Caroline zu verdanken. Stimmt's?«

Achtung!

Ein Ausrutscher. Doch Jimmy schien ihn nicht bemerkt zu haben. Er lauschte gebannt. Das verschwitzte Haar hing ihm in Ringellöckchen in die Stirn. So kraus hatte sie es nicht in Erinnerung. Das mußte zum neuen Styling gehören. Genau den gleichen Schnitt hatte Brian Kent auf seinem neuesten Foto. »Er wird sich bestimmt freuen, mich zu sehen«, fuhr sie fort. Sie streckte die Beine über die Bettkante, als wolle sie die verkrampften Muskeln lockern.

Er packte das Ende der Schnur, hielt es fest umschlossen. Ihre Hand legte sich sacht über die seine. »Es existiert ein Gift, Jimmy, das erst nach acht bis zehn Tagen wirkt und sogar drei bis vier Tage braucht, bevor sich irgendwelche Symptome zeigen. Selbst wenn eine Untersuchung stattfindet – Brian und eine alte Freundin aus dem College, die gerade einen Professor von der Princeton University geheiratet hat, haben zusammen Kaffee getrunken. Wer sollte wohl auf die Idee kommen, diese harmlose Tatsache mit einem Mord in Verbindung zu bringen? Ein perfektes Drehbuch, hieb- und stichfest.«

Jimmy merkte, daß er zustimmend nickte. Die Nacht hatte sich in einen Traum verwandelt, einen Traum, der sein ganzes Leben in völlig neue Bahnen lenken würde. Er konnte ihr trauen. Blitzartig wurde ihm klar, daß alles, was sie ihm auseinandergesetzt hatte, wahr und richtig war. Solange Brian Kent am Leben blieb, würde kein Mensch von ihm, dem größten Schauspieler der Welt, Notiz nehmen. Die Nachtbeleuchtung im Schlafzimmer wurde zum Rampenlicht. Das verdunkelte Wohnzimmer war der Zuschauerraum. Er stand auf der Bühne. Das Publikum applaudierte. Er kostete diesen Augenblick aus, tätschelte dann Caroline – nein, Lisa – unter dem Kinn. »Ich glaube dir«, flüsterte er. »Wann genau kommst du nach Kalifornien?«

Bleib dran. Gleich hast du's geschafft.

Sie rannten schneller, immer schneller über die Baustelle. Sie durfte nicht schlappmachen. Caroline hörte, wie sich ihre Stimme überschlug, als sie antwortete: »In der zweiten Juliwoche.«

Jimmys restliche Zweifel schwanden. Kent sollte am 1. August mit den Dreharbeiten zu seinem neuen Film beginnen. Wenn er bis dahin tot war, würden sie wie verrückt nach einem Ersatz suchen.

Er stand auf und zog Caroline hoch. »Ich nehm dir

erst mal das Ding runter. Denk dran, ich hab's hier in der Tasche stecken, falls ich's irgendwann wieder brauchen sollte. Ich haue jetzt ab. Wir haben ein Abkommen, vergiß das nicht. Wenn du deinen Teil nicht erfüllst... Dein Professor ist eines Abends nicht zu Hause, oder du hältst nachmittags mal bei Rot an einer Ampel... dann bin ich zur Stelle.«

Caroline spürte, wie sich die Schnur lockerte und er ihr die Schlinge über den Kopf zog. Sie unterdrückte das erleichterte Aufschluchzen und rang sich eine Antwort ab: »Topp, die Abmachung gilt.«

Er umklammerte ihre Schultern mit eisernem Griff und küßte sie auf den Mund. »Ich besiegle Vereinbarungen nicht mit Handschlag«, erklärte er. »Zu blöd, daß ich nicht mehr Zeit habe. Du wärst genau meine Kragenweite.« Das verzerrte, zur Karikatur geratene Lächeln wich einem verlegenen breiten Grinsen. »Mir ist so, als ob der Unstern schon die Kurve gekratzt hat. Los, Abmarsch!« Er dirigierte sie zur Hintertür, hob die Hand, um die Sicherheitskette zu lösen.

Caroline streifte mit einem flüchtigen Blick die Wanduhr in der Küche. Zwölf Minuten waren seit dem Anruf von Sean verstrichen. Binnen dreißig Sekunden würde Jimmy von der Bildfläche verschwinden, und sie konnte die Sicherheitskette vorlegen und die Tür verbarrikadieren. Und dann dauerte es nur noch ein paar Minuten, bis Sean hier wäre, bei ihr. Wieder die Erinnerung an die Sechsjährige, die auf der Baustelle herumturnte. Ein vorsichtiger Blick nach unten — zwei bis drei Meter über dem mit scharfkantigen Bruchstücken aus Beton übersäten Boden. Lisa war zuletzt über eine breite, für ein Fenster ausgesparte Lücke gesprungen...

Jimmy öffnete die Tür. Sie fühlte die kalte Nachtluft auf ihrem Gesicht. Er wandte sich zu ihr. »Ich weiß, du hattest nie die Gelegenheit, mich auf der Bühne zu sehen, aber ich bin wirklich ein fabelhafter Schauspieler.«

»Ich weiß, Sie sind ein fabelhafter Schauspieler«, hörte Caroline sich sagen. »Hat Sie nicht das ganze College nach ›Tod eines Handlungsreisenden‹ nur noch Biff genannt?«

Auf der Baustelle hatte sie diese eine Sekunde gezögert, ehe sie Lisa gefolgt war. Bei diesem letzten Sprung hatte sie den Schwung verloren, war abgestürzt und mit der Stirn auf dem Beton aufgeschlagen. Ihr wurde schlecht vor Angst, als sie merkte, daß sie es wieder einmal nicht geschafft hatte, Lisa zu folgen.

Die Tür fiel krachend ins Schloß. Für den Bruchteil einer Sekunde fixierten sie einander. »Lisa hätte das nicht wissen können«, flüsterte Jimmy. »Du hast mich belogen. Du bist Caroline.« Hastig angelte er mit beiden Händen nach ihrem Hals. Sie versuchte zu schreien, als sie vor ihm zurückwich, sich umdrehte und zur Eingangstür wankte. Doch sie brachte nur ein leises Ächzen über die Lippen.

Sean raste durch die stillen Straßen. Die Telefonistin vom Notruf fragte ihn nach seinem Namen, von wo er anrufe, worum es sich handle. »Schicken Sie einen Streifenwagen nach Priscilla Lane 81, Apartment 1A«, brüllte er. »Kümmern Sie sich nicht darum, woher ich weiß, daß da was passiert ist. Schicken Sie sofort einen Wagen hin.«

»Und um was für einen Notfall handelt es sich bitte genau?« wiederholte die Telefonistin.

Jimmys Faust stemmte sich gegen die Tür, als sie sich am Schloß zu schaffen machte. Sie duckte sich an ihm vorbei und lief um den Klubsessel herum. Ihr Blick streifte den Spiegel über der Couch, ihr im dämmrigen Licht verschwimmendes Bild, seinen drohend hinter ihr aufragenden Schatten. Sie spürte den heißen Atem im Nacken. Wenn sie nur noch eine einzige Minute am Leben bleiben könnte, wäre Sean hier. Bevor sie zu Ende gedacht hatte, hechtete Jimmy mit einem Satz über den Klubsessel. Er stand vor ihr. Sie sah die Schnur in seinen Händen. Er drehte sie herum. Sie fühlte das Zerren an den Haaren, die Schnur um den Hals, sah ihr Bild im Spiegel über der Couch. Sie fiel auf die Knie, und die Schlinge zog sich fester zu. Sie versuchte, von ihm wegzukriechen, spürte, wie er sich über sie beugte. »Aus, Ende, Caroline. Jetzt bist du unweigerlich dran.«

Sean bog in Carolines Straße. Die Bremsen quietschten, als er vor ihrem Haus hielt. In der Ferne klangen Sirenen auf. Er rannte zur Tür, drehte am Knauf. Ohne Erfolg. Mit einer Faust hämmerte er gegen das Holz, während er in der Tasche nach Carolines Schlüsseln suchte. Das verdammte Sicherheitsschloß ist nicht ordentlich eingebaut worden, erinnerte er sich. Man mußte erst die Tür etwas heranziehen, bevor es funktionierte. In seiner Angst hantierte er so nervös, daß es erst beim drittenmal klappte. Nun noch der reguläre Wohnungsschlüssel. O Gott, bitte...

Sie lag auf den Knien, packte die Schnur, die sie würgte. Sie hörte Sean an die Tür hämmern, nach ihr rufen. So nahe, die Rettung war so nahe. Ihre Augen weiteten sich, als sie keine Luft mehr bekam. Nachtschwarze Finsternis brach über sie herein, drohte sie zu begraben. Lisa... Lisa... Ich habe es versucht.

Nicht wegziehen. Zurücklehnen. Rückwärtsbeugen, sage ich dir.

Um ihr Leben zu retten, beugte sich Caroline in einem letzten Kraftakt zurück, zwang ihren Körper, sich in Richtung auf Jimmy zu bewegen, anstatt sich loszuzerren. Für einen Moment lockerte sich der Druck, so daß sie einmal Luft holen konnte, bevor sich die Schlinge wieder zuzuziehen begann.

Jimmy stellte sich taub gegen das Hämmern und Rufen. Für ihn zählte auf der ganzen Welt nur noch eins — diese Frau, die seine Karriere ruiniert hatte, umzubringen. Sonst nichts.

Der Schlüssel drehte sich. Sean stemmte die Tür auf, so daß sie gegen die offene Wandschranktür krachte. Die Plastikhüllen um das Brautkleid bauschten sich knisternd. Sein Blick fiel auf den Spiegel über der Couch. Er erbleichte.

Ihre Augen loderten, traten aus den Höhlen, ihr Mund stand offen, ihre Nägel an den flehend ausgestreckten Händen krümmten sich wie Krallen. Eine hünenhafte Gestalt im Trainingsanzug beugte sich über sie, strangulierte sie. Eine Schrecksekunde lang blieb Sean wie angewurzelt stehen. Dann blickte der

Eindringling hoch. Ihre Augen trafen sich im Spiegel. Sean, immer noch außerstande, sich zu rühren, sah in diesem kurzen Moment, wie sich blankes Entsetzen im Gesicht des anderen malte, wie er die Schnur fallen ließ, wie er sich die Arme schützend vor den Kopf hielt.

»Bleib mir bloß vom Leib!« kreischte Jimmy. »Komm mir nicht in die Nähe. Keinen Schritt!«

Sean wirbelte herum. Caroline lag auf dem Boden, zerrte an der würgenden Schlinge. Sean hechtete durch den Raum, stürzte sich auf den Angreifer. Die Wucht des Aufpralls schleuderte Jimmy gegen das Fenster. Er brüllte, Glas klirrte, Sirenen heulten, Bremsen kreischten, als die Streifenwagen vor dem Haus hielten.

Caroline spürte, wie Hände an der Schnur rissen. Sie hörte das leise Ächzen, das sich ihrer Kehle entrang. Dann lockerte sich die Schlinge, Luft strömte in ihre Lungen. Dunkelheit, köstliche, wohltuende Dunkelheit umfing sie.

Als sie zu sich kam, lag sie auf der Couch, mit einem eiskalten Halsumschlag. Sean saß neben ihr, rieb ihr die Hände warm. Im Zimmer wimmelte es von Polizisten. »Jimmy?« Ihre Stimme krächzte heiser.

»Sie haben ihn abgeführt. Ach, mein Darling.« Sean zog sie behutsam hoch, schloß sie in die Arme, bettete ihren Kopf an seine Brust, strich ihr beruhigend über das Haar.

»Warum hat er zu schreien angefangen?« flüsterte sie. »Was ist passiert? In ein paar Sekunden wäre ich tot gewesen.«

»Er hat dasselbe gesehen wie ich, dein Bild im Spiegel über der Couch. Es zeigte den spiegelverkehrten Bewegungsablauf. Während er dich nach hinten zog, schienst du auf ihn zuzukommen. Er ist völlig verrückt. Er glaubte Lisa zu sehen und dachte, sie wäre zurückgekehrt, um Rache zu üben.«

Sean wollte sie nicht allein lassen. Nachdem die Polizisten gegangen waren, lag er neben ihr auf der breiten Couch, die Wolldecke fürsorglich über sie beide gebreitet, und hielt Caroline fest umschlungen. »Versuch ein bißchen zu schlafen.« In seinen Armen geborgen, kam sie allmählich zur Ruhe und schlummerte ein.

Um sechs Uhr dreißig weckte er sie. »Steh auf, Darling, es wird Zeit. Du mußt dich reisefertig machen. Wenn du wirklich meinst, daß du ganz auf der Höhe bist, sause ich nach Hause, dusche und ziehe mich um.« Strahlender Sonnenschein erhellte das Zimmer.

Vor genau fünf Jahren war sie morgens zu Lisa hinübergegangen und hatte sie gefunden. Diesmal war sie in Seans Armen aufgewacht. Sie nahm sein Gesicht zwischen ihre Hände, streichelte ihm liebevoll über die stoppeligen Wangen. »Ich bin ganz in Ordnung. Ehrlich.«

Als Sean die Wohnung verließ, ging sie ins Schlafzimmer. Nachdenklich fixierte sie das Bett, rief sich in Erinnerung, wie ihr zumute gewesen war, als sie die Augen aufgeschlagen und Jimmy Cleary gesehen hatte. Sie duschte, ließ das heiße Wasser minutenlang über Körper und Haare laufen, wollte alle Spuren seiner Anwesenheit wegwaschen. Dann schlüpfte sie in einen khakifarbenen Overall und schlang einen geflochtenen Gürtel um ihre Taille. Als sie sich das Haar bürstete, sah sie den purpurroten Striemen um ihren Hals und wandte sich rasch vom Spiegel ab.

Die Zeit schien stillzustehen, als wartete sie darauf, daß Caroline das Unvermeidliche zu Ende brachte. Sie packte ihren Koffer, stellte ihn mit der Handtasche an die Tür. Was sie tun mußte, wußte sie, und sie tat es.

Sie kniete sich auf den Boden, genauso wie am Vorabend, als Jimmy Cleary sie zu erdrosseln versucht hatte, bog sich zurück und schaute in den Spiegel. Es war wie erwartet. Der untere Rand des Spiegels befand sich wenige Zentimeter über ihrem Haaransatz. Ausgeschlossen, daß er ihr Bild reflektiert hatte. Jimmys Reaktion stimmte also – er hatte Lisa gesehen.

»Danke, Lisa«, flüsterte sie. Keine Antwort. Die Stimme schwieg. Ihre Schwester war tot, unwiderruflich. Ein letztes Mal ergriff der Gedanke, daß sie Lisas Tod verursacht haben könnte, von ihr Besitz und wurde dann endgültig verbannt. Es war ein schicksalhaftes Verhängnis, sinnlos, weiter zu hadern, sich mit Selbstvorwürfen zu quälen und dadurch Lisas Andenken zu schaden. Sie stand auf, und jetzt zeigte der Spiegel ihr Bild. Sie warf ihm eine zärtliche Kußhand zu. »Adieu, ich liebe dich«, sagte sie laut.

Auf der Straße hörte sie einen Wagen anhalten. Sean. Caroline eilte zur Tür, riß sie auf, schob Koffer und Handtasche hinaus, griff nach dem Plastiksack mit ihrem Brautkleid, legte ihn sorgsam über den Arm, warf die Tür hinter sich zu und lief Sean entgegen.

Das Klassentreffen

Er beobachtete Kay aus den Augenwinkeln. Sorgfältig hatte er sich während der drei Tage von ihr ferngehalten, um auf keinem Gruppenfoto mit ihr zu erscheinen. Es war nicht schwierig gewesen. Fast sechshundert ehemalige Schüler waren zu dem Treffen gekommen. Drei Tage lang hatte das langweilige Gewäsch über Schulzeiterinnerungen an seinen Nerven gezerrt; Erinnerungen an jene gemeinsamen Tage in der Garden State High School von Passaic County in New Jersey.

Kay hatte gerade ihren Hot dog aufgegessen. Irgend etwas mußte an ihren Lippen hängengeblieben sein, weil sie mit der Fingerspitze darüberwischte und dann an ihren Zähnen herumpulte. Heute nacht würde er diese Finger in seinen Händen halten.

Er stand am Rand einer Gruppe. Er wußte, daß er sich in den vergangenen acht Jahren mehr verändert hatte als die meisten anderen Schüler. Er war dünner geworden, hatte sich einen Bart wachsen lassen, trug anstelle der dicken Brillengläser Kontaktlinsen und unter dem schütteren Haar war eine kahle Stelle sichtbar geworden. Aber manche Dinge änderten sich nie. Kein Mensch war auf ihn zugekommen und hatte gesagt: »Donny, wie schön, dich zu sehen.« Selbst wenn man ihn erkannt hätte, wäre niemand stehengeblieben. Es war genauso wie früher. Er sah die Schulcafeteria wieder vor sich, wo er mit einem eingewickelten

Sandwich von Tisch zu Tisch gegangen war. »Sorry, Donny«, hatten sie gemurmelt, »schon besetzt.«

Schließlich hatte er sich auf die Stufen der Feuerleiter geschlichen und dort seinen Lunch verzehrt.

Aber jetzt war er froh, daß ihm während der drei Tage niemand auf die Schulter klopfte oder ihn beim Arm nahm oder ›Wie schön, dich zu sehen‹ rief. Er bewegte sich am Rand der Gruppen, konnte Kay beobachten und konnte Pläne schmieden. In genau einer halben Stunde würde sie ihm gehören.

»In welcher Klasse waren Sie?«

Einen Augenblick lang war er unsicher, ob die Frage an ihn gerichtet war. Kay nippte an einem Sodawasser. Sie unterhielt sich mit einer Schülerin, die in Donnys Klasse Abschluß gemacht hatte. Irgendeine Virginia Soundso. Kays honigfarbenes Haar war heller, als er es in Erinnerung hatte. Aber sie lebte jetzt in Phoenix. Vielleicht hatte die Sonne es ausgebleicht. Es war kurzgeschnitten und ringelte sich um ihr Gesicht. Früher fiel es bis auf die Schultern. Vielleicht würde er sie dazu bringen, es wieder wachsen zu lassen. »Kay, laß deine Haare wachsen. Als dein Ehemann darf ich das verlangen.« So würde er scherzen, aber er würde es ernst meinen.

Wie war die dumme Frage dieser dummen Person? Ach – das Jahr in dem er seinen Abschluß gemacht hatte. Er drehte sich um. Jetzt erkannte er den Mann, es war der neue Direktor. Er hatte am Dienstag die Begrüßungsrede gehalten. »Ich habe vor acht Jahren abgeschlossen«, sagte Donny.

»Deshalb kenne ich Sie nicht. Ich bin erst seit vier Jahren hier. Ich heiße Gene Pearson.«

»Donny Rubel«, murmelte er.

»Die drei Tage waren wundervoll«, sagte Pearson. »Riesig viel sind gekommen. Das ist Schulgeist. Bei einem College ist das normal. Aber bei einer High School... Es ist wunderbar.«

Donny nickte. Er blinzelte und tat so, als müßte er sich wegdrehen, weil die Sonne ihn blendete. Er sah, daß Kay den Leuten die Hand schüttelte. Sie wollte gehen.

»Wo wohnen Sie jetzt?« Pearson schien entschlossen, die Unterhaltung aufrechtzuerhalten.

»Ungefähr dreißig Meilen von hier.« Um allen weiteren Fragen zuvorzukommen, sagte Donny hastig: »Ich hab' einen eigenen Reparaturbetrieb. Mein Lieferwagen ist meine Werkstatt. Im Umkreis von einer Stunde Fahrzeit übernehme ich alle Reparaturen. Wirklich schön, Sie kennengelernt zu haben, Mr. Pearson.«

»Sagen Sie, möchten Sie nicht auf unserem Berufsberatungstag sprechen. Die Schüler sollten erfahren, daß es eine Alternative zum College gibt...«

Donny streckte eine Hand aus, als hätte er nichts gehört. »Ich bin in Eile. Ein paar Jungs aus meiner Klasse und ich wollen zusammen essen gehen.« Er gab Pearson keine Gelegenheit für eine Antwort. Statt dessen streifte er über die Picknickwiese. Er hatte sich sorgfältig gekleidet, Khakihosen, blaues Polohemd Die meisten männlichen Besucher hatten das gleiche an. Er wollte in der Menge untergehen. Er wollte genauso unauffällig sein, wie er während seiner ganzen Schulzeit auffällig gewesen war. Das einzige Kind, das einen Mantel anhatte, wenn alle anderen ein Jackett trugen.

Kay ging durch das Wäldchen, das die Picknickwiese von dem Parkgelände trennte. Das Schulgelände stieß an den Park. Es war ein idealer Platz für ein Schultreffen und es war ideal für Donny. Gerade als sie ihre Wagentür öffnete, hatte er sie eingeholt. »Miß Weley«, sagte er, »ich meine Mrs. Crandell.«

Sie war überrascht. Er wußte, daß der Parkplatz eine Minute später voller Leute sein würde. Er mußte sich beeilen. »Ich bin Donny Rubel«, sagte er, »ich nehme an, daß Sie mich nicht mehr erkennen.«

In ihrem Blick zeigte sich Unsicherheit. Dann dieses Lächeln. Wie oft hatte er sich dieses Lächeln in schlaflosen Nächten vorgestellt. »Donny, wie schön dich zu sehen. Du siehst so verändert aus. Wie kommt es, daß ich dich vorhin nicht schon gesehen habe?«

»Ich bin gerade gekommen«, erklärte er. »Sie sind die einzige, die ich sehen wollte. Wo wohnen Sie?«

Er wußte es bereits. Im Garden View Motel, auf der Route 80. »Das ist prima«, sagte er, als sie antwortete. »In einer halben Stunde holt mich ein Wagen von dort ab. Ich bin mit dem Taxi rübergefahren. Könnten sie mich mitnehmen? Wir könnten uns dann ein bißchen unterhalten.«

Hatte sie Verdacht geschöpft? Erinnerte sie sich an den letzten gemeinsamen Abend, als sie ihm sagte, daß sie im nächsten Semester nicht zurückkommen, sondern heiraten würde, und er zu weinen begonnen hatte? Sie zögerte unmerklich und sagte: »Natürlich, Donny. Sicher ist eine Menge passiert in der Zwischenzeit. Steig ein.«

Während er auf die Beifahrerseite eilte, gelang es ihm unauffällig, seine Schuhbänder aufzureißen.

Nachdem er eingestiegen war, beugte er sich nach vorn und knüpfte sie umständlich wieder zu. Jeder, der den Wagen jetzt wegfahren sah, würde schwören, daß Kay die Picknickwiese allein verlassen hatte.

Kay fuhr schnell. Sie versuchte die leise Irritation zu unterdrücken, die ihr die Anwesenheit des jungen Mannes bereitete. Mike würde in einer Stunde aus New York zurückkommen, und nachdem sie gestern abend am Telefon so unfreundlich zu ihm gewesen war, wollte sie heute die Dinge wieder ins Lot bringen zwischen ihnen beiden. Dieses Schultreffen hatte ihr gutgetan. Es hatte Spaß gemacht die Lehrerkollegen zu treffen, mit denen sie zwei Jahre zusammengearbeitet hatte. Es war auch schön, die ehemaligen Schüler wiederzusehen. Unterrichten hatte ihr Freude gemacht. Dies war eines der Probleme zwischen ihr und Mike. Da er für seine Firma ständig neue Zweigstellen eröffnen mußte, blieben sie nie länger als ein Jahr an einem Ort. Zwölf Umzüge in acht Jahren. Als er sie in dem Motel abgesetzt hatte, bat sie ihn, sich bei seiner Firma um einen beständigeren Job zu bemühen.

»Das klingt wie ein Ultimatum, Kay«, sagte er.

»Vielleicht ist es das auch«, antwortete sie. »Ich möchte mich niederlassen. Ich möchte ein Baby. Ich möchte lange genug an einem Ort bleiben, damit ich wieder unterrichten kann. Ich kann nicht ständig auf Achse leben. Ich schaff das einfach nicht.«

Letzte Nacht hatte er ihr erzählt, daß ihm seine Firma eine Teilhaberschaft und einen ständigen Job in ihrem New Yorker Büro zugesagt hat, er müsse nur noch eine Filiale einrichten. Sie hatte einfach aufgelegt.

Sie war so sehr in ihre eigenen Gedanken versunken, daß sie die Schweigsamkeit ihres Fahrgastes nicht bemerkte, bis er sagte: »Ihr Mann ist bei einer Geschäftsbesprechung in New York. Sie erwarten ihn heute abend zurück.«

»Woher weißt du das?« Kay schaute kurz auf das undurchdringliche Profil von Donny Rubel und richtete ihren Blick dann wieder auf die Straße.

»Ich habe mit Leuten gesprochen, die sich mit Ihnen unterhalten haben.«

»Ich dachte, du wärst bloß beim Picknick gewesen?«

»Das haben Sie angenommen, ich habe es nicht gesagt.«

Der Ventilator blies frische Luft ins Wageninnere. Ein Kälteschauder zog über Kays Haut, als hätte sich der laue Abend plötzlich abgekühlt. Es war nicht mehr ganz eine Meile bis zum Motel. Sie trat aufs Gaspedal. Etwas in ihr warnte sie davor, Fragen zu stellen. »Es hat sich gerade so gut getroffen«, sagte sie. »Mein Mann mußte zu einem Geschäftstermin nach New York. Ich bekam die Einladung für das Schultreffen und...«

»Ich habe die Schulzeitung gelesen«, sagte Donny Rubel. »Dort stand, daß die beliebteste Lehrerin der Garden State High School zu dem Treffen kommen würde.«

»Das war ein nettes Kompliment.« Kay versuchte zu lachen.

»Sie haben mich nicht erkannt.« In Donnys Tonfall schien Befriedigung zu liegen. »Aber ich wette, Sie haben nicht vergessen, daß Sie mit mir zu der Abschlußfeier gegangen sind.«

Sie hatte damals Englisch und Chorsingen unterrichtet. Die Vertrauenslehrerin Marian Martin meinte, Donny Rubel sollte in den Chor aufgenommen werden. »Er ist einer von den traurigsten Fällen, die ich jemals gesehen habe«, sagte sie zu Kay. »Er bringt es im Sport zu nichts, und er hat keine Freunde. Ich halte ihn für intelligent, aber er kommt gerade so durch, und als das gute Aussehen verteilt worden ist, stand er weiß Gott nicht in der ersten Reihe. Wenn wir ihn doch bloß irgendwo unterkriegen könnten, wo er Freunde findet.«

Sie erinnerte sich an seine ernsthaften Bemühungen und an die Hänseleien der anderen im Chor. Als Donny gerade einmal nicht im Raum war, sprach sie das Problem an. »Ich muß euch was sagen, Jungs. Ich finde, ihr verhaltet euch hundsgemein.« Von da an ließen sie ihn in Ruhe, wenigstens während der Chorproben. Nach dem Frühlingskonzert kam er öfter bei ihr vorbei und unterhielt sich mit ihr. So erfuhr sie, daß er nicht an der Abschlußfeier teilnehmen wollte. Er hatte drei Mädchen eingeladen, und alle hatten ihm einen Korb gegeben. Spontan hatte sie vorgeschlagen, daß er allein kommen und an ihrem Tisch sitzen sollte. »Ich bin eine der Gouvernanten«, sagte sie, »ich würde mich über deine Gesellschaft freuen.« Voller Unbehagen erinnerte sie sich, wie Donny am Ende des Abends zu weinen begonnen hatte.

Das Motelschild stand auf der rechten Seite. Sie zog es vor, Donnys Hand keine Beachtung zu schenken, die an ihrem Bein entlang streichelte.

»Erinnern Sie sich, daß ich Sie auf der Abschlußfeier

gefragt habe, ob ich Sie im Sommer besuchen dürfte. Sie sagten, daß Sie heiraten und wegziehen würden. Sie haben an vielen Orten gewohnt. Ich habe versucht, Sie zu finden.«

»Wirklich?« Kay versuchte, nicht allzu aufgeregt zu klingen.

»Ja. Ich wollte Sie vor zwei Jahren in Chicago besuchen, aber da waren Sie nach San Francisco gezogen.«

»Tut mir leid, daß wir uns nicht getroffen haben.«

»Gefällt es Ihnen, so oft umzuziehen?« Seine Hand lag nun auf ihrem Knie.

»Also hör mal, Junge, das ist mein Knie.« Sie versuchte, locker zu klingen.

»Ich weiß. Sie haben es doch sicher satt, so viel herumzuziehen, oder? Das brauchen Sie jetzt auch nicht mehr.«

Kay warf einen Blick auf Donny. Die schwere, dunkle Sonnenbrille verdeckte seine Augen und die Hälfte seines Gesichts, sein Mund war gespitzt und halb geöffnet. Als er den Atem ausstieß, ertönte ein pfeifendes Geräusch, das unheimlich nachhallte.

»Fahren Sie ans Ende des Parkplatzes und dann links am Hauptgebäude vorbei«, sagte er. »Ich zeige Ihnen, wo Sie parken können.«

Seine Hand schloß sich fester um ihr Knie. Bevor sie sie sah, fühlte sie die Waffe, die er ihr in die Seite drückte.

»Ich werde schießen, das wissen Sie«, flüsterte er.

Das durfte einfach nicht wahr sein. Sie hätte ihn niemals mitnehmen dürfen. Ihre Hände zitterten, als sie den Wagen gehorsam in die angegebene Richtung steuerte. In ihrer Magengrube fühlte sie einen kalten

Schauder. Sollte sie versuchen, Aufmerksamkeit auf sich zu lenken und den Wagen gegen eine Wand fahren? Sie hörte das Klicken, mit dem er die Waffe entsicherte.

»Versuch keine Tricks, Kay. In der Kanone sind sechs Kugeln. Ich brauch' bloß eine für dich, aber die andern werd ich nicht verschwenden. Fahr neben den Lieferwagen auf der anderen Seite. Auf den letzten Parkplatz.«

Sie gehorchte und bemerkte sofort, daß ihr eigener Wagen durch den dunkelgrauen Lieferwagen von den Hotelfenstern aus nicht mehr zu sehen war. »Jetzt mach deine Tür auf und schrei nicht.« Seine Hand lag auf ihrem Arm. Er glitt hinter ihr aus dem Wagen. Sie hörte, wie er die Wagenschlüssel aus der Zündung zog und sie auf den Boden warf. Mit einer einzigen Bewegung schob er sie nach vorn und zog die Seitentür des Lieferwagens auf. Mit einem Arm hob er sie hinein und folgte ihr. Das Türschloß klinkte ein. Drinnen war es nahezu vollkommen dunkel. Kay blinzelte.

»Donny, mach das nicht«, flehte sie. »Wir sind doch Freunde. Sprich mit mir, aber mach das nicht...«

Sie fühlte sich vorwärtsgeschoben, stolperte und fiel auf ein enges Klappbett. Etwas wurde über ihr Gesicht gezogen. Ein Knebel. Dann drückte er sie mit der Hand nieder, mit der anderen legte er ihr Handschellen an und fesselte ihre Füße mit einer schweren Metallkette zusammen. Er öffnete die Seitentür des Lieferwagens, sprang hinaus und ließ die Tür mit einem Schwung zufallen. Sie hörte, wie die Tür auf der Fahrerseite zuschlug, und einen Augenblick später fuhr der Wagen los. Ihre verzweifelten Versuche, auf sich aufmerksam zu machen, indem sie ihre gefesselten Füße gegen die Seitenwand des Fahrzeugs schlug, wurden von dem Geräusch der Reifen auf dem Schotter übertönt.

Voller Ungeduld nagte Mike an seinen Lippen, als der Taxifahrer anhielt, um an der Kreuzung vor dem Motel einem Lieferwagen die Vorfahrt zu geben. Der Wunsch, das Taxi möge schneller fahren, ließ seinen schlanken, durchtrainierten Körper vor Anspannung vibrieren.

Er fühlte sich miserabel, wenn er daran dachte, wie Kay und er gestern abend auseinandergegangen waren. Eigentlich wollte er zurückrufen, nachdem sie einfach aufgelegt hatte. Aber er kannte Kay — sie war nie für lange Zeit böse. Und jetzt konnte er ihr bieten, was sie wollte. *Noch ein Auftrag, mein Schatz. Höchstens noch ein Jahr... vielleicht auch bloß sechs Monate. Dann kann ich in das New Yorker Büro als Partner einsteigen.* Wenn sie wollte, dann könnten sie ein Haus in der Gegend kaufen. Es gefiel ihr dort.

Der Fahrer hielt vor dem Eingang des Motels.

Mike sprang aus dem Wagen. Mit langen Schritten durchquerte er die Halle.

Er und Kay hatten das Zimmer 210. Als er den Schlüssel umdrehte und die Tür öffnete, war seine erste Reaktion tiefe Enttäuschung. Es war noch zu früh, als daß Kay hätte zurück sein können, aber er hatte einfach angenommen, daß sie ihn erwarten würde. Der Raum war ein typisches Motelzimmer: schäbiger Teppich, beigebrauner Bettüberwurf, schwerer Toilettentisch aus Eichenholz, Fernseher in einer

Schrankwand und Ausblick auf einen Parkplatz. Letzte Nacht hatte er Kay hier einfach abgesetzt und war sofort zu seinem ersten Termin nach New York weitergefahren. Nur zögernd erinnerte er sich daran, daß Kay die Nase gerümpft und gesagt hatte: »Diese Zimmer. Sie sind alle gleich, und ich bin schon in so vielen gewesen.«

Aber wie immer war es ihr gelungen, einen Hauch von Heimeligkeit in das Zimmer zu bringen. In einer Vase standen frische Blumen und daneben drei Fotos in silbernen Rahmen. Auf einem war er zu sehen, mit einem frisch gefangenen Barsch in der Hand, das zweite war ein Schnappschuß von Kay, der sie vor ihrem Haus in Arizona zeigte, das dritte war ein Bild der Familie von Kays Schwester.

Die Bücher, die Kay mitgebracht hatte, lagen auf dem Nachttisch. Die Toilettengarnitur, die sie von ihrer Mutter geerbt hatte, die Bürste, der Perlmuttkamm und der Handspiegel, lagen säuberlich geordnet auf dem Frisiertisch. Als er den Schrank öffnete, nahm er den zarten Geruch der Duftkissen wahr, die über den satinbezogenen Kleiderbügeln hingen.

Unwillkürlich mußte Mike lächeln. Kays Ordnungsliebe war eine beständige Quelle des Entzückens für ihn.

Er entschloß sich, schnell unter die Dusche zu gehen. Nach Kays Rückkehr würden sie alles besprechen und er würde sie zu einem festlichen Abendessen einladen. *Teilhaber, Kay. Nur noch ein Jahr. Die vielen Umzüge haben sich gelohnt. Ich habe es dir versprochen.* Während er seinen Anzug aufhängte und seine Unterwäsche und Socken in den Wäschesack stopfte, wurde ihm plötzlich bewußt, daß der ständige Wohnungswechsel ihn nie gestört hatte, weil es Kay gelungen war, aus jedem Motelzimmer und jeder Mietwohnung ein Zuhause zu schaffen.

Um Viertel nach sechs saß er an dem runden Tisch mit Blick auf den Parkplatz. Er sah sich die Nachrichten im Fernsehen an und lauschte auf das Geräusch des Schlüssels im Schloß. Aus dem Kühlschrank hatte er eine Flasche Wein genommen. Um halb sieben öffnete er die Flasche und goß sich ein Glas ein. Um sieben Uhr sah er eine Reportage von Dan Rather über einen erneuten Ausbruch terroristischer Aktivitäten. Um halb acht hatte er sich in eine Art selbstgerechter Verärgertheit hineingesteigert... Also gut, Kay ist mir immer noch böse. Wenn sie mit Freunden zu Abend essen wollte, hätte sie eine Nachricht hinterlassen können. Um acht Uhr rief er das dritte Mal bei der Rezeption an, und wieder wurde ihm von einem gereizten Angestellten versichert, daß *absolut keine Nachricht für Mr. Crandell in Zimmer 210 hinterlassen worden war.* Um neun Uhr begann er Kays Adreßbuch durchzugehen, und er fand den Namen einer Schülerin, mit der Kay in Kontakt geblieben war. Virginia Murphy O'Neil. Sie nahm nach dem ersten Klingelzeichen ab. Ja, sie hatte Kay getroffen. Kay war von dem Picknick weggegangen, als alle aufbrachen. Virginia hatte Kay auch wegfahren sehen. Das mußte Viertel nach fünf oder halb sechs gewesen sein. Sie war ganz sicher, daß Kay allein im Auto saß.

Nach dem Gespräch mit Virginia O'Neil rief Mike die Polizei an und erkundigte sich nach Unfällen auf der Strecke zwischen der Schule und dem Motel.

Nachdem nichts von einem Unfall bekannt war, meldete er Kay als vermißt.

Die Handschellen schnitten in ihre Gelenke, die Fesseln an den Beinen brannten an ihren Knöcheln; der Knebel erstickte sie fast.

Donny Rubel? Warum tat er ihr das an? Plötzlich fiel ihr Marian Martin, die Vertrauenslehrerin, ein, die sie gebeten hatte, Donny in den Chor aufzunehmen. In jener letzten Woche hatte sie Marian erzählt, daß sie Donny zu der Abschlußfeier an ihren Tisch eingeladen hatte. Marian war deswegen in Sorge geraten: »Ich habe schon davon gehört«, sagte sie. »Donny hat jemandem erzählt, du hättest ihn gebeten, dich zu begleiten. Ich kann das ja verstehen, nachdem sich die anderen immer über ihn lustig machen, aber trotzdem ... Ach, was soll's. Du gehst weg und heiratest in zwei Wochen.«

Aber er ist mir all die Jahre auf den Fersen geblieben. Kay fühlte, wie sie in Panik geriet. So sehr sie sich auch anstrengte, sie konnte ihn durch die Trennscheibe nicht sehen. Der Lieferwagen erschien ihr ungewöhnlich groß, und im Halbdunkel konnte sie die Umrisse einer gegenüberstehenden Werkbank erkennen. Darüber hingen an einem Korkbrett verschiedene Werkzeuge. Was machte Donny damit? Was wollte er mit ihr anstellen? *Mike, hilf mir bitte.*

Die Straße schien anzusteigen und verschiedene Biegungen zu machen. Das schmale Klappbett geriet ins Schwanken, und ihre Schulter stieß gegen die Seitenwand des Lieferwagens. Schließlich spürte sie, daß es wieder bergab ging. Noch ein paar Kurven und Stöße, und der Wagen hielt.

Mit surrendem Geräusch öffnete sich die Trennscheibe. »Wir sind zu Hause.« Donnys Stimme klang hoch und triumphierend. Einen Augenblick später öffnete sich die Seitentür. Kay duckte sich weg, als Donny sich über sie beugte. Sie spürte seinen heftigen, warmen Atem, während er den Knebel löste. »Kay, ich möchte nicht, daß du schreist. Hier ist meilenweit kein Mensch, der dich hören könnte, und mich würde das nur nervös machen. Versprichst du's?«

Sie schnappte nach Luft. Ihre Zunge fühlte sich dick und trocken an. »Ich verspreche es«, flüsterte sie. Er nahm die Fesseln von ihren Füßen und rieb ihr besorgt die Fußgelenke. Dann nahm er ihr die Handschellen ab. Er legte den Arm um sie und hob sie von dem Klappbett. Ihre Beine waren gefühllos. Mit seiner Hilfe, halb stolpernd, stieg sie die hohe Stufe hinunter.

Der Ort, an den er sie gebracht hatte, war ein schäbiges Blockhaus, das auf einer kleinen Lichtung stand. An dem eingefallenen Vordach hing eine rostige Schaukel. Die Fenster waren mit Läden verschlossen. Die dichten Bäume rund um die Lichtung ließen die letzten schräg einfallenden Sonnenstrahlen kaum durchdringen. Donny führte sie zu dem Haus, schloß die Tür auf, schob sie hinein und schaltete die Deckenbeleuchtung an.

Der Raum, in dem sie standen, war klein und schmutzig. Ein Klavier, das man vor langer Zeit weiß gestrichen hatte, zeigte unter der abblätternden Farbe seinen ursprünglichen schwarzen Anstrich. Es fehlten mehrere Tasten. Eine dickgepolsterte Velourscouch und ein Sessel mußten einmal leuchtend rot gewesen sein. Jetzt changierte der Überzug in Violett und Orange. Auf dem unebenen Boden lag ein fleckiger Teppich. Auf einem Metalltisch stand eine Flasche Champagner in einem Plastikkübel mit Eis, daneben zwei Gläser. Das rohgezimmerte Bücherregal neben der Couch war mit Schulheften vollgestopft.

»Schau«, sagte Donny. Er drehte Kay herum, so daß sie auf die gegenüberliegende Wand blickte. In Plakatgröße hing dort ein Bild von ihr und Donny, das sie nebeneinander sitzend auf der Abschlußfeier zeigte. Von der Decke herab hing starr ein Spruchband. »Willkommen zu Hause, Kay«, war darauf zu lesen.

Detective Jimmy Barrot hatte den Auftrag, dem Anruf von Michael Crandell nachzugehen, dem Mann, der seine Frau vermißt gemeldet hatte. Auf dem Weg zum Garden View Motel hielt er an einem Imbiß und bestellte sich einen Hamburger und Kaffee.

Er aß während des Fahrens, und als er schließlich bei dem Motel anlangte, war der leichte Kopfschmerz verschwunden, und er war wieder ganz der alte Zyniker. Nach fünfundzwanzig Jahren im Büro des Staatsanwalts gab es seiner Meinung nach nichts mehr, was er nicht schon gesehen hätte.

Sein Instinkt sagte ihm, daß dies reine Zeitverschwendung war. Eine zweiunddreißigjährige Frau geht auf ein Schultreffen und kommt nicht auf den Glockenschlag zurück. Der Ehemann dreht durch. Jimmy Barrot kannte die Geschichten, wenn jemand zu spät kommt und nicht Bescheid sagt. Das war der Hauptgrund dafür, daß er zweimal geschieden war.

Als sich die Tür von Zimmer 210 öffnete, mußte Jimmy zugeben, daß der junge Mann Michael Crandell, ganz krank vor Sorge aussah. Gutaussehender Typ, dachte Jimmy Barrot. Ungefähr einsfünfundachtzig. Kantiges Gesicht, auf das die Mädchen stehen. Aber Mikes erste Frage brachte Jimmy auf die Palme. »Warum kommen Sie so spät?«

Jimmy ließ sich in einem Sessel nieder und öffnete sein Notizbuch. »Hören Sie«, sagte er. »Ihre Frau hat sich ein paar Stunden verspätet. Sie wird noch nicht einmal vierundzwanzig Stunden vermißt. Haben Sie sich gestritten?«

Der schuldbewußte Ausdruck in Mikes Gesicht entging ihm nicht. »Sie haben sich also doch gestritten?« hakte er nach. »Warum erzählen Sie mir nicht Genaueres darüber, und dann überlegen wir uns beide, wohin sie gegangen sein könnte, um sich wieder zu beruhigen.«

Für Mikes Gefühl hatte er die Angelegenheit schlecht ausgedrückt. Kay war aufgeregt gewesen, als sie gestern abend zusammen telefonierten. Sie hatte einfach aufgelegt. Aber es war nicht so, wie es nach außen hin aussah. Ihre gemeinsame Vergangenheit zog an ihm vorüber. Kay war zwei Jahre an der Garden State High School gewesen. Sie hatten sich bei ihrer Schwester in Chicago kennengelernt und dann geheiratet. Er hatte ihre Freunde in New Jersey nie kennengelernt. Ihre Schwester anzurufen hatte keinen Sinn. Jean machte mit ihrem Mann und ihren Kindern eine Europareise.

»Geben Sie mir eine Beschreibung des Wagens«, bat Jimmy Barrot. Weißer Toyota, 1986 in Arizona zugelassen. Er kritzelte die Zahlen aufs Papier. »Ganz schöne Strecke bis hierher«, stellte er fest.

»Mein Urlaub stand bevor. Wir beschlossen den Geschäftstermin und das Schultreffen mit meinem Urlaub zu verbinden. Wir müssen morgen nach Arizona zurückfahren.«

Jimmy schloß sein Notizbuch. »Meinem Gefühl nach ißt sie irgendwo eine Kleinigkeit und genehmigt sich einen Drink, allein oder mit ein paar alten Freunden, und wird in den nächsten Stunden auftauchen. »Sein Blick fiel auf die gerahmten Fotos auf dem Tisch. »Ist eine der Personen Ihre Frau?«

»Diese.« Er griff nach dem Bild, das Kay vor dem Haus stehend zeigte. Es war ein heißer Tag gewesen damals. Kay trug Shorts und ein T-Shirt. Ihr Haar war mit einem Band zusammengebunden. Sie sah aus, als wäre sie sechzehn. Sie sah auch verdammt sexy aus in dem T-Shirt, das sich an ihre Brüste schmiegte, und ihren langen, schlanken Beinen in den offenen Sandalen. Mike fühlte, daß der Polizeibeamte das gleiche dachte.

»Warum überlassen Sie mir das Foto nicht?« schlug Jimmy Barrot vor. Geschickt löste er es aus dem Rahmen. »Wenn sie in den nächsten vierundzwanzig Stunden nicht nach Hause kommt, geben wir eine Suchmeldung heraus.«

Aufgrund einer Eingebung machte Jimmy Barrot einen Rundgang über den Parkplatz, bevor er in seinen Wagen stieg. Um diese Zeit war der Parkplatz fast voll. Es standen ein paar weiße Toyotas dort, aber keiner mit einer Zulassung aus Arizona. Dann fiel ihm der Wagen am Ende des Platzes ins Auge; er stand etwas abseits. Er rannte zu der Stelle.

Fünf Minuten später klopfte er laut gegen die Tür von Raum 210. »Ihr Wagen steht auf dem Parkplatz«, sagte er zu Mike. »Die Schlüssel lagen auf dem Boden. Sieht aus, als hätte Ihre Frau sie für Sie zurückgelassen.«

Als er Mikes ungläubigen Gesichtsausdruck betrachtete, klingelte das Telefon. Beide Männer eilten zu dem Apparat. Jimmy Barrot erreichte ihn zuerst, nahm den Hörer ab und hielt ihn so, daß er hören konnte, was gesprochen wurde.

Mikes ›Hallo‹ war fast unhörbar. Dann vernahmen die Männer Kays Stimme: »Mike, es tut mir leid, daß ich es auf diese Art tun muß, aber ich brauche Zeit zum Nachdenken. Ich habe den Wagen auf dem Parkplatz gelassen. Geh zurück nach Arizona. Mit uns ist alles vorbei. Ich melde mich wieder, um die Scheidung zu regeln.«

»Nein... Kay... bitte... ich gehe nicht ohne dich.«

Man hörte ein Klicken. Jimmy Barrot empfand eine Art widerwilligen Mitgefühls für den schockierten und verwirrten jungen Mann. Er nahm Kays Bild und legte es auf den Tisch. »Genauso ist meine zweite Frau abgehauen«, sagte er zu Mike. »Der einzige Unterschied ist, daß ich gerade im Dienst war, als sie die Möbelpacker da hatte. Sie hat mir nur einen Bierkrug und meine schmutzige Wäsche zurückgelassen.«

Die Bemerkung löste die Lähmung. »Aber das ist es ja«, sagte Mike. »Sehen Sie es denn nicht?« Er deutete auf den Toilettentisch. »Kays Toilettenartikel. Sie würde nie ohne sie weggehen. Ihr Make-up liegt im Badezimmerschrank. Hier ist das Buch, das sie gerade liest.« Er öffnete den Schrank. »Ihre Kleider. Welche Frau würde ihre persönlichen Sachen nicht mitnehmen?«

»Es würde Sie erstaunen, wie viele das nicht tun«, sagte Jimmy Barrot. »Es tut mir leid, Mr. Crandell, aber ich muß dies als eine private Angelegenheit zu den Akten legen.«

Er fuhr ins Büro zurück und schrieb seinen Bericht, dann fuhr er nach Hause. Als er zu Bett ging, konnte Jimmy Barrot nicht einschlafen. Die ordentlich aufgehängten Kleider, die sorgfältig arrangierten Toilettengegenstände. Irgend etwas in seinem Innern sagte ihm, daß Kay Crandell sie mitgenommen hätte. Aber sie hatte angerufen.

Wirklich?

Jimmy setzte sich kerzengerade auf. Eine Frau hatte angerufen. Er hatte nur Mike Crandells Wort, daß es die Stimme seiner Frau war. Und kurz vor ihrem Verschwinden hatten Mike Crandell und seine Frau einen Streit gehabt.

Stundenlang saß Mike neben dem Telefon. Sie ruft wieder an, sagte er sich. Sie wird es sich anders überlegen. Sie wird zurückkommen.

Wirklich?

Schließlich stand Mike auf. Er zog sich aus und ließ sich in Reichweite des Telefonhörers aufs Bett fallen. Beim ersten Klingeln hätte er abnehmen können. Dann schloß er die Augen und begann zu weinen.

Kay biß sich auf die Lippen, um nicht vor Protest zu schreien, nachdem Donny die Verbindung unterbro-

75

chen hatte. Donny lächelte sie voller Zuneigung an. »Das war sehr gut, Kay.«

Hätte er seine Drohung wahrgemacht? Er hatte sie gewarnt, wenn sie nicht exakt das sagen würde, was er aufgeschrieben hatte, und zwar überzeugend, dann würde er noch in der Nacht zu dem Motel fahren und Mike umbringen. »Ich war diese Woche zweimal in deinem Zimmer«, sagte er. »Ich arbeite manchmal für das Motel. Es war nicht schwer, einen Schlüssel nachzumachen.« Dann führte er sie ins Schlafzimmer. Die Möblierung bestand aus einem durchgelegenen Doppelbett mit einer billigen Chenilledecke darüber, einem Nachttisch und einem angeschlagenen Toilettentisch. »Gefällt dir die Überdecke?« fragte Donny. »Ich habe der Verkäuferin gesagt, daß es ein Geschenk für meine Frau ist. Sie meinte, daß die meisten Frauen weiße Chenille mögen.« Er deutete auf den Kamm, die Bürste und den Spiegel auf dem Toilettentisch. »Sie haben fast die gleiche Farbe wie deine eigenen.« Er öffnete den Schrank. »Gefallen dir deine neuen Kleider. Sie sind alle in Größe 38, wie die im Motel.« Im Schrank hingen ein paar Baumwollröcke und T-Shirts, ein Regenmantel, ein Bademantel und ein blumenbedrucktes Kleid.

»In den Schubladen ist Unterwäsche und ein Morgenrock«, sagte Donny stolz. »Und schau, auch die Schuhe haben deine Größe, 37 $^1/_2$. Ich habe Turnschuhe, flache Schuhe und hochhackige. Ich möchte, daß meine Frau gut angezogen ist.«

»Donny, ich kann nicht deine Frau werden«, flüsterte sie.

Er blickte sie erstaunt an. »Aber das wirst du. Du

wolltest mich schon immer heiraten.« Erst jetzt bemerkte sie die sauber aufgerollte Kette neben dem Bett in der Ecke. Sie war an einer Metallplatte in der Wand befestigt. Donny hatte ihren erschrockenen Gesichtsausdruck bemerkt. »Nimm's nicht so schwer, Kay. In jedem Raum ist eine. Es ist nur, weil ich im Wohnzimmer schlafe und nicht möchte, daß du versuchst, mich zu verlassen. Und tagsüber muß ich arbeiten gehen. Ich habe sie so angebracht, daß du es dir im Wohnzimmer bequem machen kannst.«

Er führte sie ins Wohnzimmer zurück und öffnete feierlich den Champagner. »Auf uns.«

Als Kay ihn später betrachtete, wie er gerade den Hörer auflegte, bekam sie einen säuerlichen Geschmack im Mund, wenn sie sich an den Geschmack des warmen, süßlichen Champagners und an die fettigen Hamburger erinnerte, die Donny zubereitet hatte.

Während des ganzen Essens hatte er nichts gesagt. Dann bat er sie, ihren Kaffee auszutrinken, bis er zurückkäme. Als er wiederkam, war er glatt rasiert. »Den Bart habe ich mir nur wachsen lassen, damit mich die Leute in der Schule nicht erkennen«, sagte er stolz.

Danach zwang er sie, den Champagner mit ihm zu leeren und Mike anzurufen. Zufrieden seufzte er. »Kay, du mußt müde sein. Ich laß dich bald ins Bett gehen. Aber vorher möchte ich dir ein paar Kapitel aus dem Buch über dich vorlesen.«

Wichtigtuerisch stolzierte er zu dem Bücherregal und nahm eines der Hefte heraus.

Das ist alles nicht wahr, dachte Kay.

Aber es war die reine Wirklichkeit. Donny setzte sich in den Polsterstuhl ihr gegenüber. Im Zimmer war es jetzt kalt, doch auf seinem Gesicht und seinen Armen glänzte der Schweiß und hinterließ Flecken auf seinem Polohemd. Das unnatürliche Weiß seiner Gesichtsfarbe wurde durch die schwarzen Ringe unter seinen Augen unterstrichen. Als er die Sonnenbrille abnahm, war Kay über das intensive Blau seiner Augen erstaunt. Sie hatte sie als braun in Erinnerung. *Sie sind braun,* sagte sie sich. Wahrscheinlich trägt er farbige Kontaktlinsen. An ihm ist alles unecht, dachte sie. Fast scheu blickte er sie von unten herauf an. »Ich fühle mich wie ein Schulkind«, sagte er.

Kay hatte die leise Hoffnung, daß es ihr gelingen könnte, Autorität über ihn zu gewinnen, das alte Lehrer-Schüler-Verhältnis. Aber als er zu lesen begann, schnürte sich ihr die Kehle zu. »3. Juni. Gestern abend ging ich mit Kay zur Abschlußfeier. Wir ließen keinen Tanz aus. Als ich sie nach Hause fuhr, weinte sie in meinen Armen. Sie sagte, daß ihre Familie sie zwinge, einen Mann zu heiraten, den sie nicht liebe, und daß ich sie holen solle, wenn ich für sie sorgen könne. Meine schöne Kay. Ich verspreche dir, daß ich dich eines Tages holen werde.«

Eine schlaflose Nacht und die Tatsache, daß er keinen Löffel Kaffee in seiner Wohnung hatte, versetzte Jimmy Barrot in ungewöhnlich schlechte Laune. Nachdem er in einer Bar gefrühstückt hatte, ging er ins Büro. Als das Büro des Staatsanwalts frei war, ging er zu ihm hinein.

»Irgendwas stinkt bei dieser privaten Angelegenheit, über die ich gestern den Bericht geschrieben habe«, sagte er zu seinem Chef. »Ich würde mir den Ehemann gern etwas näher ansehen.« Er berichtete von dem Gespräch mit Mike, dem Auffinden des Wagens und dem Telefonanruf.

Der Staatsanwalt hörte zu und nickte. »Fangen Sie mit der Untersuchung an«, sagte er. »Lassen Sie es mich wissen, wenn Sie Hilfe brauchen.«

Im ersten Morgengrauen stand Mike auf, duschte und rasierte sich. Er hoffte, das abwechselnd heiße und kalte Wasser würde die Lähmung in seinem Gehirn vertreiben.

Irgendwann während der dunklen Nachtstunden war die Verzweiflung über Kays Verschwinden der sicheren Gewißheit gewichen, daß sie ihn niemals auf diese Weise verlassen hätte. Er nahm einen Notizblock aus seiner Aktenmappe, und während er Kaffee trank, machte er eine Liste aller möglichen Schritte, die er unternehmen konnte. Virginia Murphy O'Neil. Sie war am Schluß des Picknicks mit Kay zusammen gewesen. Sie hatte Kay gehen sehen. Vielleicht hatte Kay ihr etwas erzählt, das bis jetzt unwichtig erschienen war. Er würde sie zu Hause aufsuchen und mit ihr reden. Detective Barrot hatte das Auto um zehn Uhr entdeckt. Aber niemand wußte, wann es dort abgestellt worden war. Er würde mit den Hotelangestellten reden. Vielleicht hatte jemand Kay allein oder in Begleitung einer Person gesehen.

Er hätte am liebsten beim Telefon gewartet, denn Kay hätte wieder anrufen können. Aber das war verrückt. Mike gefror das Blut in den Adern bei dem Gedanken, daß sie vielleicht nicht in der Lage sein könnte, wieder anzurufen.

Als erstes ging er in die Telefonzentrale des Motels. Die Frau in der Vermittlung sagte ihm, daß sie viel zu beschäftigt sei, um Leuten, die anrufen würden, Nachrichten weiterzugeben; wenn für ihn etwas hinterlassen werde, dann würde sie dies notieren. Er legte einen vertraulichen Unterton in seine Stimme. »Hören Sie, hatten Sie schon einmal Streit mit Ihrem Freund?«

Sie lachte. »Fast jeden Abend.«

»Letzten Abend hatte ich Streit mit meiner Frau. Sie ist einfach fortgerannt. Ich muß jetzt weg, aber ich bin ziemlich sicher, daß sie anruft. Könnten Sie ihr dann bitte diese Nachricht geben?«

Die dick geschminkten Augen der Frau in der Vermittlung glänzten vor Neugier. Laut las sie den Zettel vor. In Blockschrift hatte Mike darauf geschrieben. »Wenn Kay Crandell anruft, sagen Sie ihr, daß Mike mit ihr sprechen muß. Er ist mit allem, was sie vorschlägt, einverstanden, aber bitte schreiben Sie gegebenenfalls die Telefonnummer oder die Uhrzeit des Rückrufs auf.«

Der Blick der Frau war plötzlich voller Sympathie und nicht ohne eine gewisse Koketterie. »Ich weiß nicht, wie eine Frau so dumm sein kann, Sie zu verlassen«, sagte sie. Mike schob ihr einen Zwanzigdollarschein in die Hand. »Ich hoffe, Sie spielen meinen Cupido.«

Die Angestellten zu fragen, wer einen weißen Toyota auf den Parkplatz hatte fahren sehen, war sinnlos. Es gab keinen Parkwächter. Der einzige Sicherheitsbeamte war den ganzen Abend im Haus gewesen. »Ich habe gerade angefangen« sagte er Mike. »Normalerweise bin ich auch nicht hier. Nein. Hier ist überhaupt nichts los.« Er kratzte sich am Kopf. »Gerade fällt mir ein, daß letztes Jahr ein Auto gestohlen wurde, aber zwei Meilen weiter ist es abgestellt worden. Der Besitzer sagte, jeder Dieb hätte gesehen, was für eine Rostlaube das war.« Er lachte.

Zwei Stunden später war Mike dreißig Meilen entfernt und saß im Haus von Virginia O'Neil am Küchentisch. Sie war eine kleine, propere junge Frau, die im letzten Jahr von Kays Zeit an der Garden State High School im Chor gesungen hatte. Die Küche war groß und freundlich und öffnete sich zu einem hellen Raum hin, der mit Spielsachen übersät war. Dort spielten Virginias zweijährige Zwillinge und machten dabei beträchtlichen Lärm.

Mike versuchte erst gar nicht, sich eine Geschichte auszudenken, warum er auf der Suche nach Kay war. Er mochte Virginia und vertraute ihr instinktiv. Nachdem er alles erzählt hatte, sah er seine eigenen Sorgen in Virginias Augen widergespiegelt. »Das ist vollkommen *verrückt*«, sagte sie. »So etwas würde Kay nie tun. Dafür ist sie viel zu verantwortungsbewußt.«

»Wie lange waren Sie auf dem Schultreffen mit ihr zusammen?«

An Mikes Fuß flog ein Teddybär vorbei. Einen Moment später kam eine kleine Gestalt herangesaust und packte ihn.

»Hör auf, Kevin«, befahl Virginia. Zu Mike gewandt, erklärte sie: »Meine Tante hat den Kindern gestern zwei Teddybären geschenkt. Dina knuddelt ihren und Kevin macht seinen kaputt.«

Das ist es, was Kay wollte, dachte Mike. Ein solches Haus und ein paar Kinder. Die Überlegung brachte ihn auf einen neuen, beunruhigenden Gedanken. »Haben die meisten Leute ihre Kinder zu dem Treffen mitgebracht?«

»Oh, da waren eine ganze Menge Kinder.« Virginias Gesicht wurde nachdenklich. »Wissen Sie, Kay sah etwas wehmütig aus, als sie gestern Dina hielt. Und sie sagte: ›Alle meine Schüler haben Familien. Ich hätte nie gedacht, daß es für mich einmal so kommen würde.‹

Mike stand auf und verabschiedete sich ein paar Minuten später.

»Was werden Sie tun?« fragte Virginia. Er nahm Kays Bild aus der Tasche. »Ich lasse Abzüge machen und verteile sie. Etwas anderes fällt mir nicht ein.«

Als Donny schließlich entschied, daß es Zeit sei zu Bett zu gehen, sagte er Kay, daß sie sich in dem kleinen Badezimmer umziehen könne. Es enthielt ein Waschbecken, eine Kommode und eine Dusche. Er gab ihr das Nachthemd, das er gekauft hatte, einen kurzen, durchsichtigen Fetzen aus Nylon, der mit imitierten Spitzen eingesäumt war. Der Bademantel sah ähnlich aus. Während sie sich umzog, versuchte Kay verzweifelt zu überlegen, was sie machen könnte, wenn er sie bedrängen würde. Er war ihr sicher an Kraft überlegen. Ihre einzige Hoffnung war, die Sache in den Griff zu kriegen und ein Lehrer-Schüler-Verhältnis herzustellen.

Aber als sie herauskam, machte er keinen Versuch, sie zu berühren. »Geh zu Bett, Kay«, sagte er. Er schlug die Überdecke zurück. Die Bettwäsche war blaugeblümt. Sie sah steif und neu aus. »Ich bin sehr müde, Donny«, sagte sie knapp. »Ich möchte jetzt schlafen.«

»Oh, Kay, ich verspreche dir, ich werde dich nicht anfassen, bis wir verheiratet sind.« Er deckte sie zu und sagte dann: »Tut mir leid, Kay, aber ich kann nicht riskieren, daß du wegläufst, während ich schlafe.« Dann fesselte er ihren Fuß an die Kette.

Die ganze Nacht lag sie wach, versuchte zu beten, Pläne zu machen, und konnte doch nur flüstern: *Mike, hilf mir; Mike finde mich.* Gegen Morgengrauen fiel sie in einen unruhigen Schlaf. Als sie aufwachte, sah sie, daß Donny sie anstarrte. Selbst im Halbdunkel war das Drängende seiner Haltung nicht mißzuverstehen. Durch seine zusammengepreßten Zähne flüsterte er: »Ich wollte nur nachsehen, ob du es bequem hast, Kay. Du siehst so hübsch aus, wenn du schläfst. Ich kann es kaum erwarten, bis wir verheiratet sind.«

Er wollte, daß sie sein Frühstück zubereitete. »Dein zukünftiger Ehemann hat einen guten Appetit, Kay.« Um halb neun brachte er sie ins Wohnzimmer. »Es tut mir leid, daß ich die Läden wieder schließen muß, aber ich kann nicht riskieren, daß jemand vorbeigeht und hereinschaut. Das passiert zwar so gut wie nie, aber du verstehst das schon.« Er fesselte ihr Bein an die Kette im Wohnzimmer. »Ich habe sie abgemessen. Du kannst zur Toilette gehen. Ich lasse Eßwaren für Sandwiches, Wasser, und ein paar Sodaflaschen hier auf dem Tisch. Du kannst zum Piano rübergehen. Ich möchte, daß du übst. Und wenn du lesen willst, kannst du alle meine Bücher lesen. Sie handeln alle von dir, Kay. Ich habe acht Jahre lang über dich geschrieben.«

Er ließ den Telefonanrufbeantworter in einem Käfig mit Vorhängeschloß unter der Zimmerdecke hängen. »Ich lasse die Lautsprecher an, Kay. Du wirst Leute hören, die mich wegen Jobs anrufen. Ich rufe die Nachrichten jede Stunde telefonisch ab. Ich werde dann mit dir sprechen, aber du wirst nicht mit mir sprechen können. Tut mir leid. Heute ist ein arbeitsreicher Tag. Ich werde nicht vor sechs oder sieben Uhr nach Hause kommen.« Als er ging, hob er ihr Kinn nach oben. »Wirst du Sehnsucht nach mir haben, mein Liebling?« Sein Kuß auf ihre Wange war unschuldig. Sein Arm umschloß eng ihre Taille.

Er verriegelte die Läden, bevor er ging, und die dämmrige Deckenbeleuchtung warf Schatten in den Raum. Sie stellte sich auf die Couch, spannte die Kette, bis die Schlösser ins Fußgelenk schnitten, aber sie erreichte den Drahtkäfig nicht. Darüber hinaus war er verschlossen. Telefonieren war ausgeschlossen.

Die Kette war an einer Metallplatte in der Wand befestigt. Vier Schrauben hielten die Platte fest. Wenn es ihr gelang, diese Schrauben zu lösen, käme sie heraus. Wie weit war sie von der Hauptstraße entfernt? Wie schnell würde sie mit den Fesseln und der Kette an ihrem Fußgelenk laufen können? Womit könnte sie die Schrauben lösen?

Fieberhaft durchsuchte Kay das Wohnzimmer. Das Plastikmesser, das er zurückgelassen hatte, brach ab, als sie es an den Schrauben versuchte. Tränen der Enttäuschung füllten ihre Augen. Sie nahm die Polster von der Couch. Die Polsterung war mit Streben versehen, und sie konnte die Drähte sehen, aber es gab keine Möglichkeit eine herauszubrechen.

Sie schleppte sich zum Klavier hinüber. Wenn sie die Saiten erreichen würde, vielleicht könnte sie sie mit etwas Scharfem herausreißen.

Aber es gab nichts Scharfes.

Es gab keine Möglichkeit, die Metallplatte abzuschrauben. Ihre einzige Hoffnung war, daß zufällig jemand vorbeikam, während er aus dem Haus war. Auf dem Bücherregal lagen ein paar Briefe. Die meisten waren an ein Postfach in Hornville adressiert. Ein paar waren an die Adresse des Hauses gerichtet, Timber Lane, Nummer 4, Hornville. Aber auf jeden Brief war die Nummer des Postfachs geschrieben worden, also kam kein Postbote.

Ihr Blick fiel auf die Reihen der schwarz-weißen Schulhefte. Er hatte ihr gesagt, daß sie sie lesen sollte. Sie zog ein halbes Dutzend heraus und schleppte sich zur Couch hinüber. Das Licht war dämmrig, und sie mußte die Augen zusammenkneifen. Sie hatte das Kleid angezogen, das sie am Vortag beim Picknick getragen hatte. Sie wollte wenigstens den Anschein von Identität aufrechterhalten. Aber das Kleid war zerknittert, und sie fühlte sich beschmutzt. Beschmutzt durch die Anwesenheit an diesem Ort, durch die Erinnerung an seine Hände, die ihre Taille umkrampft hatten, durch das Gefühl, mit einem wahnsinnigen Pfleger in einem Tierkäfig eingesperrt zu sein. Der Gedanke ließ sie fast hysterisch werden. Reiß dich zusammen, sagte sie laut zu sich. Mike versucht dich zu finden. Es war, als könnte sie die Stärke seiner Liebe spüren. Mike. Mike. Ich liebe dich. Sie wollte nicht mehr umziehen. Sie wollte an einem Ort bleiben. Sogar Donny hatte das gewußt. Und er erfüllte ihr diesen Wunsch. Kay bemerkte, daß sie laut auflachte – ein kreischendes, schluchzendes Lachen, das in einem Weinkrampf endete.

Es brachte wenigstens eine gewisse Erleichterung. Nach ein paar Minuten wischte sie sich das Gesicht mit dem Handrücken ab und begann zu lesen.

Die Hefte waren alle gleich. Eine tagtägliche Odyssee durch eine Fantasiewelt, die mit dem Abend der Abschlußfeier ihren Anfang nahm. Ein paar der Eintragungen betrafen Zukunftspläne.

»Wenn Kay und ich zusammen sind, machen wir eine Campingtour durch Colorado. Wir werden in einem Zelt wohnen und das einfache Leben unserer Vorfahren führen. Wir werden einen Doppelschlafsack haben, und sie wird in meinen Armen liegen, weil sie sich wegen der Geräusche der Tiere ein bißchen fürchtet. Ich werde sie beschützen und beruhigen.« An anderen Stellen schrieb er auf eine Weise, als wären sie zusammen gewesen. »Kay und ich hatten einen wunderbaren Tag. In New York gingen wir zur South Street Seaport. Ich kaufte ihr eine neue Bluse und blaue hochhackige Schuhe. Kay hält beim Gehen gern meine Hand. Sie liebt mich sehr und möchte nie von mir getrennt sein. Wir haben beschlossen, falls einer von uns krankwerden sollte, wir uns trotzdem nicht trennen werden. Wir haben keine Angst zusammen zu sterben. Wir werden für alle Ewigkeit in den Himmel kommen. Wir sind Liebende.«

Zuweilen war es fast unmöglich, das unleserliche

Gekritzel zu entziffern. Kay achtete nicht auf den zunehmenden Kopfschmerz, während sie Heft für Heft durchlas. Das Ausmaß von Donnys Wahnsinn ließ sie bis ins Innerste erschaudern. Sie mußte jedes einzelne Heft lesen. Vielleicht würde sie auf diese Weise auf irgendeine Möglichkeit kommen, ihn zu überreden, sie freizulassen oder an irgendeinen öffentlichen Ort mitzunehmen. Schrieb er nicht durchgehend vom gemeinsamen Ausgehen?

Ab ungefähr zehn Uhr begann das Telefon zu läuten. Sie konnte die Nachrichten hören, die für Donny hinterlassen wurden. Beim Geräusch der unpersönlichen Stimmen vibrierte jeder Nerv ihres Körpers. *Hört mich, wollte sie rufen. Helft mir.*

Donny hatte offensichtlich ein florierendes Reparaturunternehmen. Ein Pizzabäcker rief an, ob er so bald wie möglich kommen könne, einer der Öfen sei ausgefallen. Mehrere Hausfrauen brauchten ihn für ihre Fernsehapparate. Oder eine Fensterscheibe war zu Bruch gegangen. Im Abstand von etwa einer Stunde fragte Donny die Nachrichten ab und gab eine für Kay durch. »Kay, mein Liebling, ich vermisse dich sehr. Siehst du, wie beschäftigt ich bin? Ich habe heute morgen schon 200 Dollar verdient. Ich werde sehr gut für dich sorgen können.«

Nach jedem Anruf las sie weiter. Immer wieder kam er auf seine Mutter zu sprechen. »Als sie achtzehn war, erlaubte sie meinem Vater zu weit zu gehen. Sie wurde mit mir schwanger und mußte heiraten. Mein Vater verließ sie, als ich ein Baby war, und gab ihr für alles die Schuld. Ich werde nie so wie mein Vater sein. Ich werde Kay nicht anrühren, bevor wir verheiratet sind. Sie könnte mich sonst hassen und unsere Kinder nicht lieben.«

In den letzten Heften erfuhr sie von seinen Plänen. »Im Fernsehen hat ein Prediger gesagt, daß Ehen dann die besten Chancen hätten, wenn sich die Partner vier Jahreszeiten lang kennen. Daß im menschlichen Geist, so etwas wie ein Zyklus existiert wie auch in der Natur. Ich war im Herbst und im Winter in Kays Klasse. Während des Schultreffens werde ich sie holen. Dann wird immer noch Frühling sein. Nur Gott wird unser Zeuge sein, wenn wir am ersten Tag des Sommeranfangs unser Gelöbnis ablegen. Das wird am 21. Juni geschehen. Dann werden wir zusammen eine Fahrt durch das Land machen, wir beide, als Liebende.«

Heute war Donnerstag, der 18. Juni.

Um vier Uhr kam ein Anruf vom Garden View Motel. Ob Donny diesen Nachmittag vorbeikommen könne. Ein paar Fernsehgeräte waren zu reparieren.

Das Garden View Motel. Zimmer 210. Mike.

Ein paar Minuten später rief Donny an. Seine Stimme klang seltsam hohl. »Siehst du, was ich meine, Kay. Ich arbeite oft drüben im Motel. Ich bin froh, daß sie angerufen haben. Das gibt mir die Möglichkeit nachzusehen, ob Mike Crandell abreist. Ich hoffe, daß du unsere Lieder geübt hast. Ich möchte heute abend sehr gerne mit dir zusammen singen. Für jetzt, leb wohl, mein Liebling.«

In seiner Stimme lag ein ärgerlicher Unterton, als er Mikes Namen aussprach. Er hat Angst, dachte Kay. Wenn irgend etwas seine Pläne durchkreuzt, wird er verrückt werden. Sie durfte ihm nicht widersprechen.

Sie stellte die Hefte in das Regal zurück und schleppte sich ans Klavier. Es war hoffnungslos verstimmt. Alles was sie versuchte, ging wegen der fehlenden Tasten in disharmonischen Tönen unter.

Als Donny kam, war es fast acht Uhr. Er sah verbittert und ärgerlich aus. »Crandell reist nicht ab«, sagte er. »Er fragt nach dir herum und verteilt dein Foto.«

Mike war im Motel. Mike wußte, daß etwas nicht stimmte. O Mike, dachte Kay. Finde mich. Ich gehe überall hin. An jeden Ort. Ich werde mein Baby in Kalamazoo oder Peoria bekommen. Was bedeutet es schon, wo wir wohnen, solange wir nur zusammen sind?

Es war, als könnte Donny ihre Gedanken lesen. Er stand in der Tür und blickte sie finster an. »Du warst nicht überzeugend genug, als du gestern abend mit ihm gesprochen hast. Es ist dein Fehler, Kay.«

Er ging durch den Raum auf sie zu. Sie zog sich in die hinterste Ecke der Couch zurück, und das Kettenschloß riß ihren Knöchel auf. Warm und glitschig floß ein dünnes Blutgerinnsel aus der Wunde.

Donny sah es. »O Kay, ich weiß, wie weh das tut.« Er ging ins Badezimmer und kam mit einem warmen nassen Tuch zurück. Liebevoll hob er ihr Bein vom Boden und legte es sich auf den Schoß. »Es wird gleich viel besser«, versicherte er, während er das Tuch herumschlang. »Und sobald ich sicher bin, daß du mich wieder liebst, nehme ich die Fesseln ab.« Er richtete sich auf, und seine Lippen streiften ihr Ohr. »Sollen wir unser erstes Kind Donald Junior nennen?« fragte er. »Ich bin sicher, es wird ein Junge.«

Am Donnerstagnachmittag betrat Jimmy Barrot das

Büro von Michael Crandells Arbeitgeber, die Baufirma Fields, Warner, Quinlan und Brown. Nachdem er seine Polizeimarke gezeigt hatte, wurde er in das Büro von Edward Fields geführt, der über die Tatsache, daß Kay vermißt wurde, erschüttert war. Nein, sie hatten von Mike noch nichts gehört, aber das war nicht ungewöhnlich. Mike und Kay wollten nach Arizona zurückfahren. Mike wollte eine Woche Urlaub nehmen. Mike Crandell? Absolute Spitze. Der Beste. Er würde Teilhaber der Firma werden, sobald er den Job, den er letzten Monat begann, abgeschlossen hatte. Ja, es war ihnen bekannt, daß sich Kay wegen all der Umzüge aufregte. Die meisten Ehefrauen taten das. Ob Jimmy Mike treffen würde? Er solle sie wissen lassen, wenn sie irgendwie helfen könnten. Mike Crandell war der beste. In jeder Hinsicht. Ob Jimmy wußte, wo Mike wohnte? Vorsichtig erklärte Jimmy Barrot, daß es sich vermutlich bei allem um ein Mißverständnis handelte.

Edward Fields wurde mit einemmal sehr formell. »Mr. Barrot«, sagte er, »Wenn dies nur eine Finte war und Sie in Wirklichkeit Informationen über Mike Crandell sammeln wollen, dann sollten Sie Ihre Zeit nicht verschwenden. Ich stehe mit meiner ganzen Person und meiner Firma hinter ihm.«

Jimmy rief den Auftragsdienst an. Es war nichts hinterlassen worden für ihn, also fuhr er nach Hause. Im Kühlschrank war nicht viel zu essen, daher entschloß er sich, in ein chinesisches Restaurant zu gehen. Auf eigentümliche Weise steuerte er seinen Wagen in Richtung Garden View Motel.

Um halb zehn kam er dort an. Vom Portier erfuhr er, daß Mike Fotos seiner Frau an alle Angestellten verteilt hatte, daß er der Frau in der Vermittlung zwanzig Dollar gegeben hatte, um eine Nachricht an seine Frau durchzugeben, falls sie anrufen sollte.

»Es gab absolut keine Schwierigkeiten hier letzten Abend«, sagte der Portier nervös. »Ich konnte ihm nicht verbieten, diese Fotos zu verteilen, aber es ist nicht die Art von Reklame, die wir wünschen.« Auf Jimmys Bitte zog der Portier die Bilder heraus. Es war eine Vergrößerung des Schnappschusses, unter dem in großen schwarzen Blockbuchstaben stand: Kay Crandall wird vermißt. Sie könnte krank sein. Sie ist 32 Jahre alt, 1,67 Meter groß, 115 Pfund Gewicht. Großzügige Belohnung für Auskünfte über ihren Aufenthaltsort. Dann folgte Mikes Name und die Telefonnummer des Motels.

Um zehn Uhr klopfte Jimmy an die Tür von Zimmer 210. Sie wurde sofort aufgerissen, und Jimmy sah die tiefe Enttäuschung in Mikes Gesicht, als er erkannte, wer gekommen war. Widerstrebend gestand sich Jimmy ein, daß man Mike Crandell die Sorgen ansah. Seine Kleider waren so zerknittert, als hätte er darin geschlafen. Jimmy ging an ihm vorbei und sah die Stapel der Abzüge von Kays Bild auf dem Tisch liegen. »Wo haben Sie die bis jetzt verteilt?« fragte er.

»Hauptsächlich in der Umgebung des Hotels. Morgen werde ich sie an den Bahnhöfen und Bushaltestellen der umliegenden Städte verteilen und werde die Leute bitten, sie in die Schaufenster zu hängen.«

»Gehört haben Sie nichts?«

Mike zögerte.

»Sie haben etwas gehört«, sagte Jimmy. »Was war es?« Mike deutete auf das Telefon. »Ich habe der Vermittlung nicht vertraut. Heute nachmittag habe ich ein Tonband angeschlossen. Kay hat zurücktelefoniert, als ich gerade einen Hamburger holen ging. Es muß um halb zehn gewesen sein.«

»Hatten Sie vor, mich in die Sache einzuweihen?«

»Warum sollte ich?« fragte Mike. »Warum sollten Sie mit einer... wie haben Sie es genannt... privaten Angelegenheit belästigt werden?« In seiner Stimme lag ein Anflug von Hysterie.

Jimmy Barrot ging zu dem Tonband spulte das Band zurück und drückte auf den Startknopf. Die gleiche weibliche Stimme wie am Tag zuvor war zu hören. »Mike, ich habe wirklich genug von dir. Fahr nach Hause und verteil nicht überall diese Fotos von mir. Es ist demütigend. Ich bin hier, weil ich es so will.« Dann folgte das Geräusch des Hörers, der auf die Gabel geknallt wurde.

»Meine Frau hat eine sanfte, hübsche Stimme«, sagte Mike. »Was ich höre ist Bedrängnis, sonst nichts. Vergessen Sie, was sie gesagt hat.«

»Sehen Sie«, sagte Jimmy, mit der für seine Verhältnisse sanftesten Stimme. »Frauen geben eine Ehe nicht ohne alle bedrängenden Gefühle auf. Ich kenne mich da aus. Meine erste Frau weinte bei der Scheidung, obwohl sie schon von jemand anderem schwanger war. Ich habe mit Ihren Arbeitgebern gesprochen. Die halten eine Menge von Ihnen. Warum gehen Sie nicht einfach an Ihre Arbeit zurück und lekken sich Ihre Wunden. Keine Frau ist diese ganze Aufregung wert.«

Er sah Mike erbleichen. »Mein Büro hat angerufen. Sie haben mir einen Privatdetektiv als Hilfe angeboten. Ich überlege, ob ich das Angebot nicht annehmen soll.«

Jimmy Barrot lehnte sich vor und nahm die Kassette aus dem Recorder. »Können Sie mir eine Person nennen, die die Stimme Ihrer Frau identifizieren kann?« fragte er.

Die ganze Nacht hielt Mike den Kopf in die Hände gestützt. Um halb sieben verließ er das Motel und fuhr zu den Bahnhöfen und Bushaltestellen der benachbarten Städte. Um neun Uhr ging er zur Garden State High School. Der Schulbetrieb war bereits geschlossen, aber die Leute in der Verwaltung arbeiteten noch. Er wurde in das Büro von Gene Pearson, dem Direktor, geführt. Pearson hörte aufmerksam zu, er runzelte die Stirn und sein schmales Gesicht sah nachdenklich aus. »Ich kann mich gut an Ihre Frau erinnern«, sagte er. »Ich habe ihr gesagt, daß sie hier jederzeit wieder arbeiten kann. Nach allem, was mir ihre früheren Schüler erzählt haben, muß sie eine sehr gute Lehrerin gewesen sein.«

Er hat Kay einen Job angeboten. Wollte sie ihn annehmen?
»Was hat Kay darauf gesagt?«

Pearsons Augen verengten sich. »Nun, sie sagte: ›Seien Sie vorsichtig, ich könnte darauf zurückkommen.‹« Seine Haltung wurde plötzlich formell. »Mr. Crandell, ich kann Ihre Sorgen verstehen, aber ich weiß nicht, wie ich Ihnen behilflich sein könnte.« Er stand auf.

»Bitte«, flehte Mike. »Es muß Fotos von dem Treffen geben. Hatten Sie einen offiziellen Fotografen engagiert?«

»Ja.«

»Können Sie mir seinen oder ihren Namen geben. Ich brauche sofort die gesamten Bilder. Sie können mir das nicht abschlagen.«

Als nächstes ging er zu dem Fotografen in der Center Street – er wohnte sechs Block weiter. Hier war alles nur eine Kostenfrage. Er gab eine Bestellung auf und ging zum Motel zurück, um das Band abzuhören. Um 11.30 Uhr ging er zu dem Fotografen zurück, der ihm einen Stapel Bilder im Format 8 × 10 cm angefertigt hatte, im ganzen waren es 200 Stück. Mit den Bildern fuhr Mike zu Virginia O'Neils Haus.

Die ganze Donnerstagnacht lag Kay wach auf der unbequemen Matratze mit den harten neuen Bettüchern. Daß sich in Donny etwas zusammenbraute, das kurz vor der Explosion stand, war allgegenwärtig. Nachdem sie angerufen und die Nachricht für Mike hinterlassen hatte, kochte sie für Donny das Abendessen. Er hatte Büchsenkartoffeln, Tiefkühlgemüse und Wein gekauft. Sie war auf ihn eingegangen und tat so, als ob es ihr Spaß machte, mit ihm zusammenzuarbeiten.

Während des Abendessens brachte sie ihn dazu, über sich und seine Mutter zu sprechen. Er zeigte ihr ein Bild von ihr, einer schlanken Blondine um die Vierzig, die einen Bikini trug, der für einen Teenager gepaßt hätte. Kay überlief eine Gänsehaut. Zwischen ihr und Donnys Mutter bestand eine deutliche Ähnlichkeit. Sie waren der gleiche Typ, bei aller Verschiedenartigkeit waren sie sich doch ähnlich, was Größe, Gesichtszüge und Haarfarbe betraf.

»Sie hat vor sieben Jahren wieder geheiratet«, sagte Donny mit ausdrucksloser Stimme. »Ihr Mann arbeitet für eines der Casinos in Las Vegas. Er ist viel älter als sie, aber seine Kinder sind völlig begeistert von ihr. Sie sind in ihrem Alter.« Donny zeigte ein anderes Bild, auf dem zwei Männer um die Vierzig ihre Arme um Donnys Mutter gelegt hatten. »Sie ist von ihnen auch ganz hingerissen.«

Dann wandte er seine Aufmerksamkeit dem Essen auf seinem Teller zu. »Du bist eine sehr gute Köchin, Kay. Das gefällt mir. Meine Mutter hat nicht gern gekocht. Meistens bekam ich nur Sandwiches. Sie war oft nicht zu Hause.«

Nach dem Abendessen spielte Kay Klavier und sang mit ihm. Er erinnerte sich an die Texte von allen Liedern, die sie im Chor gesungen hatten. Er hatte die Läden geöffnet, um die kühle Nachtluft hereinzulassen, zeigte aber keinerlei Furcht, daß man sie hören könnte. Sie fragte ihn danach. »Hier kommt kein Mensch mehr her«, sagte er. »Im See gibt es keine Fische, und zum Schwimmen ist er zu schmutzig. All die andern Häuser sind am Zusammenfallen. Wir sind hier vollkommen sicher, Kay.«

Als er entschied, daß es Zeit war ins Bett zu gehen, entfernte er die Kette an ihrem Bein und wartete wieder vor der Badezimmertür. Als sie aus der Dusche stieg, hörte sie, daß sich die Tür öffnete, aber nachdem sie sie wieder zuschlug, versuchte er es nicht noch einmal. Auf dem Weg ins Schlafzimmer fragte Donny: »Was für ein Hochzeitsessen möchtest du, Kay? Wir sollten uns etwas Besonderes überlegen.«

Sie gab vor, sich ernsthafte Überlegungen zu machen, schüttelte dann aber den Kopf und sagte mit fester Stimme: »Ich kann keine Heiratspläne machen, bevor ich nicht ein weißes Kleid habe. Wir werden warten müssen.«

»Ich werde darüber nachdenken, Kay«, sagte er, während er sie zudeckte und das Schloß an ihrem Fußgelenk befestigte.

Abwechselnd schlief sie ein und erwachte wieder. Jedesmal wenn sie aufwachte, stand Donny am Fußende des Bettes und starrte sie an. Ihre Augen öffneten sich, sie versuchte sie gewaltsam geschlossen zu halten, aber er ließ sich nicht täuschen. Das schwache Licht, das er im Wohnzimmer hatte brennen lassen, schien auf das Kissen. »Ist gut, Kay. Ich weiß, daß du wach bist. Sprich mit mir, Liebling. Ist dir kalt? In ein paar Tagen, wenn wir verheiratet sind, wärme ich dich.« Um sieben Uhr brachte er ihr Kaffee. Sie setzte sich auf und klemmte sorgfältig die Decke unter ihren Armen fest. Ihr gemurmeltes ›Danke‹ wurde durch einen Kuß erstickt.

»Ich gehe heute nicht arbeiten«, sagte Donny.

»Die ganze Nacht habe ich darüber nachgedacht, daß du gesagt hast, du hättest kein Kleid, das du bei unserer Hochzeit tragen könntest«, sagte er. »Ich werde dir heute eines kaufen.«

Die Kaffeetasse in ihrer Hand begann zu zittern. Mit großer Anstrengung gelang es ihr, ruhig zu bleiben. Vielleicht war dies ihre einzige Chance. »Donny, es tut mir leid«, sagte sie, »ich möchte wirklich nicht undankbar sein, aber die Kleider, die du mir gekauft hast, passen nicht richtig. Jede Frau möchte sich ihr eigenes Hochzeitskleid selbst aussuchen.«

»Daran habe ich nicht gedacht«, sagte Donny. Er sah verwirrt und nachdenklich aus. »Das bedeutet, daß ich dich mit ins Geschäft nehmen muß. Ich weiß nicht, ob ich das tun soll. Aber ich würde alles tun, um dich glücklich zu machen.«

Am Freitagmorgen um halb sieben gab Jimmy Barrot jeden Versuch einzuschlafen auf und ging in die Küche. Er bereitete eine Kanne Kaffee zu, suchte auf dem Tisch nach einem Kugelschreiber und begann, auf der Rückseite eines Briefumschlags Notizen zu machen.
1. Hat tatsächlich Kay Crandell angerufen? Bitte Virginia O'Neil, die Stimme zu identifizieren.
2. Wenn es Kay Crandell ist, soll das Labor den Grad der Streßbelastung überprüfen.
3. Wenn Kay Crandell angerufen hat, wußte sie ein paar Stunden später über die Fotos, die Mike Crandell verteilte, Bescheid. Wie ist das möglich?

Diese letzte Frage vertrieb jeden Rest von Schläfrigkeit aus Jimmys Gehirn. Konnte es sich um einen verrückten Scherz handeln, den Mike und Kay ausgeheckt hatten?

Um halb elf Uhr war Jimmy der unfreiwillige Partner bei einem Ballspiel mit dem zweijährigen Kevin O'Neil. Er warf Kevin den Ball zu, der ihn mit einer Hand auffing, aber als er ihn zurückwarf, schrie Kevin ›Handtot‹. Jimmy hatte den Ball nicht aufgefangen.

»Handtot bedeutet, daß er einen bösen Zauber über Sie ausgesprochen hat«, erklärte Virginia. Sie hatte keinerlei Zweifel, daß es sich um Kays Stimme handelte. »Außer, daß sie nicht so klingt wie gewöhnlich«, sagte Virginia. »Miß Wesley, ich meine Mrs. Crandell, ach verdammt, wie oft hat sie mir gesagt, daß ich sie Kay nennen soll... Kay hat eine so melodische Stimme. Sie klingt immer so warm. Es ist ihre Stimme, aber doch auch wieder nicht.«

»Wo ist Ihr Mann?« fragte Jimmy.

Virginia war überrascht. »Bei der Arbeit. Er ist Wertpapierhändler bei der Handelsbank.«

»Sind Sie glücklich?«

»Natürlich bin ich das.« Virginias Ton war eisig. »Darf ich fragen, was diese Frage bedeuten soll?«

»Wie würden Sie klingen, wenn Sie sich ohne Ihre Kinder absetzen würden? Bedrängt?«

Virginia erwischte Kevin, bevor er seine Schwester attackieren konnte. »Detective Barrot, wenn ich meinen Mann verlassen würde, würde ich mich mit ihm an einen Tisch setzen und ihm erklären, warum ich ihn verlasse. Und wollen Sie noch etwas wissen? Kay Crandell würde es genauso machen. Ganz offensichtlich projizieren Sie *Ihre* Denkungsart auf Frauen wie Kay und mich. Falls Sie noch Fragen haben sollten, tut es mir leid, ich bin sehr beschäftigt.« Sie stand auf.

»Mrs. O'Neil«, sagte er. »Bevor ich hierher kam, habe ich mit Mr. Crandell gesprochen. Soweit ich weiß, hat er Abzüge der Fotos von dem Schultreffen anfertigen lassen, und er wird um den Mittag herum bei Ihnen auftauchen. Ich werde mittags zurückkommen. Versuchen Sie sich in der Zwischenzeit zu erinnern, ob sich Kay mit jemandem aus der Gegend getroffen hat. Oder Sie nennen mir die Namen von Leuten aus dem Kollegium, mit denen sie befreundet war.«

Virginia trennte die Zwillinge, die sich jetzt über einen Teddybär stritten. Virginias Haltung lockerte sich. »Ich fange an, Sie zu mögen, Detective Barrot«, sagte sie.

Der gleiche Gedanke, der Jimmy Barrot gekommen war, ließ auch Mike stutzen, als er mit den Bildern von dem Schultreffen zu Virginia O'Neils Haus fuhr. Woher wußte Kay schon ein paar Stunden später, daß er ihr Foto verteilte.

Als Virginia auf sein Klingeln öffnete, war Mike am Rand eines Nervenzusammenbruchs. Der Anblick von Jimmy Barrots bedrücktem Gesicht gab ihm den Rest.

»Was machen Sie hier?« Seine Frage klang wie ein Schrei. Er spürte Virginia O'Neils Hand auf seinem Arm; er bemerkte, daß das Haus unnatürlich ruhig erschien. »Mike«, sagte Virginia, »Detective Barrot will helfen. Ein paar Frauen, die früher in unserer Klasse waren, sind hier. Wir haben ein paar Sandwiches gemacht. Wir werden die Bilder zusammen durchsehen.«

Mike spürte, daß sich seine Augen wieder mit Tränen füllten. Es war das zweite Mal in zwei Tagen. Diesmal gelang es ihm sie zurückzuhalten. Er wurde den anderen jungen Frauen vorgestellt. Margery, Joan, Dotty, alle waren Schülerinnen der Garden High School gewesen, als Kay dort unterrichtet hatte. Sie aßen zusammen und studierten die Bilder, die Mike mitgebracht hatte.

»Das ist Bobby... er wohnt in Pleasantwood. Hier spricht Kay mit John Durkin. Seine Frau ist dabei. Das ist...«

Jimmy Barrot klebte jedes Bild auf ein plakatgroßes Stück Pappe, bezeichnete jeden der Köpfe der Abgelichteten mit einer Nummer und ließ sie dann von den jungen Frauen identifizieren. Bald wurde klar, daß es zu viele Gesichter in den Gruppen um Kay gab, an die sich niemand erinnern konnte.

Um drei Uhr sagte Jimmy: »Tut mir leid, aber das Ganze führt zu nichts. Ich weiß, daß Sie einen neuen Direktor an der Schule haben. Er kann uns daher nicht weiterhelfen, aber gibt es nicht irgendeine Lehrkraft, die diejenigen früheren Schüler identifizieren könnte, an die Sie sich nicht mehr erinnern?«

Virginia und ihre Freundinnen sahen sich lange an und dachten nach. Virginia antwortete für alle: »Marian Martin. Sie war an der Garden State seit dem Tag, als sie eröffnet wurde. Sie ist seit zwei Jahren pensioniert. Sie wohnt jetzt in Litchfield in Connecticut. Sie sollte auch zu dem Treffen kommen, aber sie hatte andere Verpflichtungen, die sie nicht absagen konnte.«

»Das ist die Person, die wir brauchen«, sagte Jimmy Barrot. »Hat jemand ihre Telefonnummer oder Adresse?«

Der Hoffnungsfunken, der in Mike aufgeglüht war, als er zu begreifen begann, daß Jimmy Barrot auf seiner Seite war, wuchs zu einer regelrechten Flamme empor. Leute arbeiteten mit ihm zusammen, versuchten zu helfen. Kay, warte auf mich. Laß mich dich finden.

Virginia sah ihr Telefonbuch durch. »Hier ist die Nummer von Miß Martin.« Sie begann die Nummer zu wählen.

Vina Howard hatte das Ziel ihres Lebens erreicht, als sie in Pleasantwood, New Jersey, ihren Kleiderladen eröffnete. Vor ihrer zutiefst unglücklichen Ehe war sie Assistentin der Einkäuferin in einem Warenhaus gewesen. Als sie nach achtzehn Jahren Nick Howard schließlich verließ, kehrte sie gerade rechtzeitig zu ihrer Familie zurück, um ihre alten Eltern während einer Reihe von Herzanfällen und Infarkten zu pflegen. Nachdem sie gestorben waren verkaufte Vina das alte Haus, kaufte eine neue Eigentumswohnung und verwirklichte ihren Herzenswunsch mit der Eröffnung einer Boutique, die die jungen Frauen der Vorstadt mit Kleidern zu günstigen Preisen versorgte. Daneben führte sie auch Modelle für deren Töchter im Teenageralter. Dies war ein Fehler gewesen, der ihr täglich aufs neue Ärger einbrachte.

Am Freitagmorgen, dem 20. Juni, ordnete Vina gerade die Kleider auf den Gestellen, polierte das Glas auf der Accessoirevitrine, stellte die Stühle vor den Umkleidekabinen zurecht und murmelte vor sich hin: »Schreckliche Kinder. Kommen rein und probieren alles an. Verschmieren die Kragen mit Make up. Lassen alles auf dem Boden liegen. Es ist das letzte Jahr, daß ich für diese schlampigen Bälger etwas führe.«

Vina hatte allen Grund, sich aufzuregen. Sie hatte die Umkleidekabine gerade tapezieren lassen, und eine der frechen Gören hatte die ganze Wand mit den üblichen Vulgärausdrücken vollgeschmiert. Sie hatte es schließlich geschafft, das ganze abzuwischen, aber die Tapete war voller Flecken und hatte Risse.

Trotzdem hatte der Tag angenehm begonnen. Um halb elf, als ihre Verkäuferin Edna kam, war der Laden voller Leute und die Kasse klingelte.

Um Viertel nach drei war es ruhig und Vina und Edna tranken gemütlich eine Tasse Kaffee zusammen. Edna versprach, daß ihr Mann mit der übriggebliebenen Tapete den beschädigten Teil in den Umkleidekabinen ausbessern würde. Eine sichtlich erleichterte Vina lächelte warm, als ein junges Paar den Laden betrat. Eine hübsche, junge Frau von ungefähr sechsundzwanzig oder achtundzwanzig Jahren, die einen billig aussehenden Rock und ein T-Shirt trug, und ein hohlwangiger junger Mann etwa gleichen Alters, dessen Arm eng um seine Begleiterin geschlungen war. Sein dunkel-rötlich gelocktes Haar sah aus, als käme er gerade vom Friseur. Seine porzellanblauen Augen glänzten. Die beiden haben etwas Unwirkliches an sich, dachte Vina. Ihr Lächeln wurde steif. Seit einiger Zeit gab es in dieser Gegend eine Reihe von Raubüberfällen, die auf Drogenkonsum zurückzuführen waren.

»Wir möchten ein langes weißes Kleid«, sagte der Mann. »Größe 38.«

»Die Zeit der Abschlußfeiern ist vorbei«, sagte Vina unsicher. »Ich habe keine große Auswahl an langen Kleidern.«

»Das ist doch sicher für eine Hochzeit passend.«

Vina wandte sich an die junge Frau. »Haben Sie an etwas Bestimmtes gedacht?«

Verzweifelt versuchte Kay mit der Frau Kontakt aufzunehmen. Aus den Augenwinkeln konnte sie erkennen, daß der Angestellten an der Kasse an ihr und Donny etwas nicht geheuer erschienen war. Diese ausgefallene rote Perücke, die er trug. Ihr war auch klar, daß Donnys rechte Hand die Waffe hielt und daß der geringste Versuch, die Frauen auf etwas aufmerksam zu machen, deren Todesurteil gewesen wäre.

»Etwas in Baumwolle«, antwortete sie. »Haben Sie

Satin? Oder reinen Jersey?« Sie sah die mit einem Vorhang abgetrennten Umkleidekabinen. Sie würde beim Umziehen allein sein... Vielleicht konnte sie eine Nachricht hinterlassen. Je mehr Kleider sie anprobierte, um so mehr Zeit würde sie haben.

Aber es gab nur ein einziges Satinkleid in Größe 38. »Wir nehmen es«, sagte Donny.

»Ich möchte es anprobieren«, sagte Kay entschlossen. »Die Umkleidekabinen sind hier.« Sie ging hinüber und zog den Vorhang zurück. »Siehst du.«

Es war kaum Platz für eine Person darin. Der Vorhang reichte nicht auf den Boden. »Also gut, du kannst es anprobieren«, sagte Donny. »Ich warte draußen.« Er lehnte es entschieden ab, daß Vina Kay half. »Geben Sie ihr bloß das Kleid.«

Kay riß sich das T-Shirt und den Rock herunter. Verzweifelt sah sie in der kleinen Kabine um sich. Auf einem schmalen Brett lag eine Schachtel mit Stecknadeln. Aber kein Stift. Es gab keine Möglichkeit eine Nachricht zu hinterlassen. Sie zog das Kleid über den Kopf und griff nach einer Nadel. Die Tapete in der Umkleidekabine war fleckig und zerrissen auf der einen Seite. Auf der anderen Seite versuchte sie das Wort ›Hilfe‹ einzuritzen. Die Nadel war dünn, und man konnte sie nicht schnell bewegen. Sie schaffte gerade ein zittriges H.

»Beeil dich, mein Schatz.«

Sie zog den Vorhang zur Seite. »Ich komme nicht an die Knöpfe im Rücken heran«, sagte sie zu der Verkäuferin.

Während diese das Kleid zuknöpfte, warf Vina einen nervösen Blick auf die Registrierkasse. Edna schüttelte leicht den Kopf. Wir wollen sie loswerden, bedeutete das.

Kay betrachtete sich eingehend in dem bodenlangen Spiegel. »Ich glaube nicht, daß es paßt«, sagte sie. »Haben Sie etwas anderes?«

»Wir nehmen es«, fuhr Donny dazwischen. »Du siehst wunderschön darin aus.« Er zog ein Bündel Scheine heraus. »Beeil dich, meine Süße«, befahl er. »Wir kommen sonst zu spät.«

Kay zog in der Kabine das Kleid aus, reichte es durch den Vorhang, streifte sich das T-Shirt und den Rock über und griff nach einer anderen Nadel. Mit der einen Hand gab sie vor, ihr Haar zu ordnen, mit der anderen versuchte sie, den Buchstaben I in die Tapete zu ritzen, aber es gelang ihr nicht. Sie fuhr herum, als sie Donny den Vorhang öffnen hörte. »Was machst du denn so lange mein Schatz?« fragte er. Sie stand mit dem Rücken gegen die Wand, auf die sie zu schreiben begonnen hatte. Mit den Fingern fuhr sie sich durchs Haar, als wollte sie es glattstreichen. Sie ließ die Nadel hinter sich fallen und beobachtete, wie Donny die Kabine inspizierte. Sein Argwohn war beruhigt, er nahm ihre Hand, und mit der Schachtel unter dem Arm verließen sie den Laden.

Marian Martin war gerade mit dem Einpflanzen ihrer neuen Azaleen fertig, als sie durch das Klingeln des Telefons ins Haus gerufen wurde. Sie war eine große, siebenundsechzigjährige Frau, mit festem durchtrainierten Körper, kurzgeschnittenen Haaren, die sich um ihr Gesicht kringelten, lebhaften, braunen Augen und von freundlich zupackender Art. Nach ihrer Pensionierung als Vertrauenslehrerin an der Garden State High School war sie in diese ruhige Stadt in Connecticut gezogen und genoß es nun seit zwei Jahren, sich mit Dingen zu beschäftigen, für die sie früher nie genug Zeit gehabt hatte. Ihrem englischen Garten galt ihr ganzer, unverhohlener Stolz. Der Telefonanruf an diesem Freitagnachmittag war daher keine willkommene Unterbrechung. Aber nachdem sie gehört hatte, was Virginia O'Neil ihr erzählte, waren die ungepflanzten Dahlien nicht mehr wichtig.

Kay Wesley, dachte sie. Eine geborene Lehrerin. Sie war immer bereit gewesen, sich mit Kindern abzugeben, die Schwierigkeiten hatten. Alle ihre Schüler waren vernarrt in sie. Kay wurde *vermißt*. »Ich muß noch ein paar Sachen erledigen«, sagte sie zu Virginia. »Aber ich kann mich um sechs Uhr auf den Weg machen. Es dürfte etwa zwei Stunden dauern. Halt die Fotos bereit. Es gibt kein Kind, das jemals die Garden State besucht hätte und dessen Gesicht ich nicht kennen würde.«

Als sie aufgelegt hatte, fiel Marian plötzlich Wendy Fitzgerald, eine ehemalige Schülerin ein, die vor zwanzig Jahren nach einem Schulpicknick verschwunden war. Rudy Kluger, der Hausmeister der Schule hatte sie ermordet. Rudy müßte inzwischen aus dem Gefängnis entlassen worden sein. Marians Mund wurde trocken. Nur das nicht, bitte.

Um viertel vor sechs warf sie die Reisetasche auf den Rücksitz ihres Wagens und fuhr nach New Jersey. Die Einzelheiten jener furchtbaren Zeit, von dem Moment an als Wendy Fitzgerald als vermißt gemeldet wurde, bis zu dem Tag als man ihre Leiche fand, gingen Marian durch den Kopf. Ihr ganzes Denken drehte sich ausschließlich um Rudy, daß sich der flüchtige Gedanke an einen Vorfall in Verbindung mit Kay, in ihr Unbewußtes entzog.

Virginia legte auf. »Miß Martin wird gegen acht hier sein«, sagte sie.

Jimmy Barrot schob seinen Stuhl zurück. »Ich muß ins Büro zurück. Wenn diese Vertrauenslehrerin eine neue Information hat, irgendeine, dann rufen Sie diese Nummer an. Andernfalls komme ich morgen früh wieder.« Er übergab Virginia eine Visitenkarte mit Eselsohren.

Die jungen Frauen erhoben sich ebenfalls. Auch sie wollten am nächsten Tag Miß Martin helfen.

Mike stand auf. »Ich verteile noch ein paar Fotos. Dann fahre ich ins Motel zurück. Es besteht immer die Möglichkeit, daß Kay wieder anruft.«

Diesmal klebte Mike Kays Bild an die Telefonzellen in den Hauptstraßen der Städte durch die er fuhr und hängte sie in den großen Einkaufsstraßen der Gegend aus. In Pleasantwood hatte er fast einen Zusammenstoß mit einem Lieferwagen, der ihn überholte, als er auf den städtischen Parkplatz fuhr. Verdammter Irrer, dachte Mike. Er wird noch jemanden umbringen.

Donny hatte den Lieferwagen auf dem städtischen Parkplatz hinter der Boutique geparkt. Als sie den Laden verließen, hielt er Kay eng umfaßt, bis sie den Lieferwagen erreicht hatten, dann öffnete er die Seitentür und stieß sie vorwärts. Verzweifelt blickte Kay auf den stämmigen, jungen Mann, der zwei Parkplätze weiter gerade dabei war seinen Wagen anzulassen. Einen Moment lang hatte sie Augenkontakt mit ihm, dann fühlte sie den Lauf der Waffe seitlich an ihrem Körper.

»Da ist ein kleines Kind auf dem Rücksitz des Wagens, Kay«, sagte Donny sanft. »Wenn du einen Laut von dir gibst, dann sind das Kind und der Mann tot.«

Ihre Beine fühlten sich wie Gummi an, als sie die Stufe hinaufstolperte. »Hier ist das Paket, mein Schatz«, sagte Donny laut. Er beobachtete, wie der Wagen an ihnen vorüberfuhr, dann stieg er in den Lieferwagen und schlug die Tür zu.

»Du wolltest dem Typen ein Zeichen geben, Kay«, zischte er. Der Knebel, den er ihr in den Mund geschoben hatte, war grausam fest. Roh hatte er ihr die Handschellen angelegt, die Füße gefesselt und zusammengekettet. Er stellte die Schachtel neben sie auf das Klappbett. »Erinnere dich, Kay, zu welchem Zweck wir das Kleid gekauft haben, und mach anderen Männern keine schönen Augen.« Er öffnete die Tür einen Spalt, sah sich um, schob die Tür etwas weiter auf und schlüpfte hinaus. In dem Augenblick, als ein Lichtstrahl ins Innere des Wagens fiel, erblickte Kay einen langen, dünnen Gegenstand, der auf dem Boden unter der Werkbank lag.

Ein Schraubenzieher.

Wenn sie den Schraubenzieher hätte, könnte sie die Metallplatte in der Wand aufschrauben. Vielleicht gäbe es eine Möglichkeit zu fliehen, während Donny bei der Arbeit war.

Der Lieferwagen machte einen Satz nach vorn. Donny mußte mit seinen Nerven am Ende sein, wenn er so schnell fuhr. Wenn ihn doch nur die Polizei aufhalten würde. Doch dann verlangsamte der Wagen deutlich spürbar seine Geschwindigkeit. Es mußte ihm aufgefallen sein, daß er zu schnell fuhr.

Sie drehte sich um, ließ ihre gefesselten Hände nach unten gleiten und versuchte, mit den Fingerspitzen den Schraubenzieher zu erreichen. Tränen des Ärgers und der Enttäuschung verdunkelten ihre Augen. Voller Ungeduld schüttelte sie sie fort. In der Dunkelheit konnte sie die Umrisse des Werkzeugs erkennen, aber so sehr sie sich auch anstrengte und die Handschellen in ihre Gelenke einschnitten, er war außerhalb ihrer Reichweite.

Sie rollte auf den Rücken und hob die Hände hoch, bis sie auf ihren Knien lagen. Das Klappbett quietschte, als sie sich aufsetzte, ihre Beine nach unten stellte und ihren Körper bis an das äußerste Ende des Klappbettes bewegte. Dann streckte sie die Beine nach dem Schraubenzieher aus. Den brennenden Schmerz, den die Fesseln an ihren Fußgelenken verursachten, beachtete sie nicht. Sie reckte die Spitzen ihrer Sandalen vor, bis sie die dünne Schneide spürte, hielt ihn dann zwischen den Sohlen ihrer Sandalen fest und schob den Schraubenzieher in Richtung des Klappbetts. Schließlich war er direkt unter ihr. Sie schwang die Beine nach oben und griff mit den Händen wieder nach unten auf den Boden. Die Schmerzsignale, die ihr geschundenes Fleisch aussandte, spürte sie nicht mehr, denn ihre Finger umklammerten den Griff des Schraubenziehers, hielten ihn fest und hoben ihn hoch.

Einen Moment lang hielt sie keuchend vor Anstrengung inne und war außer sich vor Freude über ihren

Sieg. Plötzlich kam ihr ein neuer Gedanke, und ihre Finger schloßen sich enger um das Werkzeug. Wie konnte sie den Schraubenzieher ins Haus bringen? Sie konnte ihn nirgendwo am Körper verstecken. Das billige T-Shirt lag eng an, und der Baumwollrock hatte keine Taschen, die Sandalen waren offen.

Sie hatten die Hütte fast erreicht. Sie spürte die Erschütterung des Lieferwagens, der sich rumpelnd die ungeteerte Straße entlangschlängelte. Die Kleiderschachtel kippte um und streifte ihren Arm. *Die Kleiderschachtel.* Die Verkäuferin hatte eine Schnur um die Schachtel gebunden und doppelt verknotet. Sie würde sie nicht öffnen können. Vorsichtig schob Kay ihre Finger zwischen den Deckel und den Boden der Schachtel und begann langsam, den Schraubenzieher in die Öffnung zu schieben. Sie spürte, daß der Deckel an einer Seite aufriß.

Der Lieferwagen hielt an. Verzweifelt schob sie den Schraubenzieher hinein, versuchte, ihn zwischen den Falten des Kleides zu verbergen, und es gelang ihr, die Schachtel auf die Seite zu drehen, bevor sich die Wagentür öffnete. »Wir sind zu Hause, Kay«, sagte Donny tonlos.

Sie betete, er möge die neuen Wunden an ihren Hand- und Fußgelenken nicht bemerken. Als er die Kette und die Handschellen aufsperrte, waren seine Bewegungen wie mechanisch. Er klemmte sich die Schachtel unter den Arm, ohne auch nur einen Blick darauf zu werfen, und schob sie so schnell in die Hütte, als würde man ihn verfolgen. Im Innern der Hütte war es stickig.

Instinktiv wußte Kay, daß sie ihn auf irgendeine

Weise beruhigen mußte. »Du bist hungrig«, sagte sie. »Du hast seit Stunden nichts gegessen.« Das Mittagessen war fertig, als er um ein Uhr in die Hütte zurückkam, aber er war zu aufgeregt um zu essen. »Ich mache dir ein Sandwich mit etwas Limonade«, sagte sie. »Du brauchst das.«

Er ließ die Kleiderschachtel auf die Couch fallen und starrte sie an. »Sag mir, wie sehr du mich liebst«, befahl er. Seine Pupillen waren geweitet, der Griff an ihrem Handgelenk umschloß sie fester als die Fesseln. Er atmete in kurzen, unregelmäßigen Stößen. Voller Angst trat Kay zurück, bis sie den harten Velours des Couchüberzugs an ihren Beinen spürte. Er schien völlig den Verstand verloren zu haben. Er würde es sofort bemerken, wenn sie versuchte, ihn mit Lügen zu beruhigen. Statt dessen sagte sie trocken: »Donny, ich würde gerne mehr darüber erfahren, warum du mich liebst. Du behauptest, du liebst mich, aber du wirst immer ärgerlich über mich. Wie kann ich dir noch glauben? Lies mir etwas aus deinen Büchern vor, während ich uns etwas zu essen mache.« Sie zwang sich zu einem Tonfall voller kalter Autorität. »Donny, ich möchte, daß du mir jetzt etwas vorliest.«

»Natürlich, Miß Wesley.«

Seine Stimme klang nicht mehr verärgert, die Tonlage war höher geworden, sie klang fast jungenhaft. »Aber zuerst muß ich den Telefonanrufbeantworter abhören.«

Er hatte das Telefon auf dem Tisch neben der Couch stehenlassen, als sie weggegangen waren. Er nahm ein Notizbuch und einen Stift aus der Tasche und drückte den Startknopf. Es waren drei Nachrichten auf dem Band. Eine von einem Eisenwarenhändler, ob Donny morgen vorbeikommen könne? Ein Angestellter war wegen Krankheit ausgefallen. Eine vom Garden View Motel. Sie brauchten eine Hilfskraft bei der Installation von elektrischen Geräten für ein Seminar. Man würde ihn den ganzen Abend brauchen.

Der letzte Anruf kam offensichtlich von einem alten Mann. Deutlich konnte man das pfeifende Atmen in seiner stockenden Stimme wahrnehmen, als er seinen Namen nannte. Clarence Gerber. Ob Donny vorbeikommen und sich den Toaster ansehen könne? Die Heizspirale sei nicht in Ordnung, und seine Frau würde bei dem Versuch im Backofen Toast zu machen, das ganze Brot verbrennen. Darauf folgte ein bemühtes Lachen mit dem Zusatz: »Setzen Sie uns an den Anfang der Liste, Donny. Rufen Sie an und lassen Sie mich wissen, wann Sie kommen.«

Donny steckte sein Notizbuch ein, spulte das Band zurück, stieg auf die Couch und stellte den Recorder in den Drahtkäfig. »Ich kann den alten Gerber nicht ausstehen«, sagte er zu Kay. »Sooft ich es ihm auch verbiete, jedesmal wenn ich etwas für ihn repariere, steigt er in den Lieferwagen und redet auf mich ein, während ich arbeite. Und überhaupt muß ich zuerst ins Motel. Dort wird bar bezahlt. Ich habe schon eine Menge Geld für uns zusammen, Kay.« Er stieg von der Couch herunter. »Und jetzt lese ich dir vor. Zeig mir, welches Buch du noch nicht angesehen hast.«

»Schon am ersten Tag im Chor, als Kay ihre Hände auf meine Brust legte und sagte, ich solle singen, spürte ich, daß zwischen uns etwas Besonderes und Schönes war.« Donny las und trank die Limonade dabei. Seine

Stimme wurde ruhiger, als er von den vielen Telefonanrufen sprach, in denen sie ihn gebeten hatte zu ihr zu kommen. Kay hielt es kaum aus. Immer und immer wieder sprach er davon, wie glücklich er wäre, mit ihr zu sterben, wie wundervoll es wäre, bei der Verteidigung seines Anrechts auf sie den Tod zu finden.

Er beendete das Vorlesen und lächelte. »Oh, ich habe das ganz vergessen«, sagte er. Er nahm sich die lockige rote Perücke ab und enthüllte seinen kahl werdenden Kopf mit dem schütteren Haar. Er lehnte sich nach vorn und nahm zum erstenmal die blauen Kontaktlinsen heraus. Seine eigenen Pupillen, erdig braun mit vereinzelten grünen Flecken, starrten sie an. »Magst du mich so wie ich bin am liebsten?« fragte er. Ohne die Antwort abzuwarten, ging er um den Tisch und zog ihren Stuhl vor. »Ich muß ins Motel gehen. Ich bringe dich ins Wohnzimmer, Kay.«

Vina Howard und ihre Verkäuferin Edna verbrachten fünf angenehme Minuten mit Tratsch über die beiden, die gerade das weiße Kleid gekauft hatten. »Ich könnte schwören, daß die auf dem Trip waren«, sagte Edna. »Wir waren uns doch beide einig, daß das Kleid nichts taugte. Sie wollten es gerade heruntersetzen, oder? Und jetzt haben Sie den vollen Preis bekommen. Noch dazu in bar.«

Vina stimmte zu. »Er sah wirklich total verrückt aus. Er färbt seine Haare. Das könnte ich beschwören.« Die Tür ging auf, und eine neue Kundin kam herein. Vina half ihr bei der Auswahl von einigen Röcken und führte sie dann zu den Umkleidekabinen. Ihr plötzlicher Wutausbruch verblüffte sowohl Edna wie die Kundin.

»Sehen Sie sich das an«, brach es aus Vina hervor. Mit zitternden Fingern zeigte sie auf das H an der Wand. »Sie war noch schlimmer als er«, kochte sie. »Jetzt wird uns die Tapete nicht für beide Wände reichen. Wenn ich die in die Finger kriegen würde.« Selbst die mitfühlenden Äußerungen der Kundin und Ednas erneuter Hinweis darauf, daß sie das Kleid zum vollen Preis verkauft hatte, konnten Vinas Wut nicht besänftigen.

Vina schäumte innerlich vor Zorn. Auch als sie um sechs Uhr den Laden schloß und zu Fuß nach Hause ging, war ihre Wut nicht verraucht. So starrte sie auf das Plakat, das an dem Telefonmasten hing, und es wurde ihr nicht bewußt, daß die Frau, deren Gesicht sie sah, die gleiche unglückliche Kreatur war, die das letzte Stück ihrer Tapete ruiniert hatte.

Es war schon fast neun Uhr, als Mike ins Garden View Motel zurückkam. Es war heiß und stickig geworden, und sobald er aus dem Wagen mit der Klimaanlage ausgestiegen war, bildeten sich Schweißperlen auf seiner Stirn. Er ging zum Motel hinüber. Plötzlich wurde ihm schwindlig; er blieb stehen und lehnte sich gegen den Wagen, an dem er gerade vorüberging. Es war ein dunkelgrauer Lieferwagen. Ihm fiel ein, daß er außer dem Sandwich bei Virginia noch nichts gegessen hatte. Er ging in sein Zimmer und hörte das Tonband ab. Es war keine Nachricht hinterlassen worden.

Die Cafeteria war noch geöffnet. Nur drei oder vier Tische waren besetzt. Er bestellte ein Steak-Sandwich und Kaffee. Die Bedienung lächelte ihn mitfühlend an. »Sie sind der Mann, dessen Frau vermißt wird.

Viel Glück. Ich bin sicher, daß alles gut wird. Ich habe ein Gefühl für so etwas.«

»Danke.« *Ich wollte, bei Gott, ich hätte das Gefühl auch*, dachte Mike. Andererseits, wenigstens nahmen die Leute von Kays Bild Notiz.

Die Bedienung entfernte sich und brachte dem Mann, der ein paar Tische weiter saß, eine Essenstüte und die Rechnung. »Du hast heute lange gearbeitet, was Donny?« fragte sie.

Um sechs Uhr fuhr Donny weg. Sobald sich das Geräusch des Wagens entfernt hatte, suchte Kay in der Kleiderschachtel nach dem Schraubenzieher. Wenn es ihr gelänge, die Metallplatte von der Wand zu lösen, könnte sie das Telefon erreichen. Aber als sie das schwere Vorhängeschloß betrachtete, wußte sie, daß es zwecklos sein würde. Entweder die Metallplatte oder gar nichts.

Sie schleppte sich zu der Platte und setzte sich auf den Boden. Die Schrauben saßen so fest, als wären sie eingeschweißt worden. Der Schraubenzieher war klein. Minuten verstrichen, eine halbe Stunde, eine Stunde. Sie arbeitete weiter und achtete weder auf die Hitze und den Schweiß, der ihren Körper überströmte, noch auf die Erschöpfung in ihren Fingern. Schließlich wurden ihre Anstrengungen belohnt. Eine der Schrauben begann sich zu drehen. Entsetzlich langsam gab sie nach und war endlich lose. Sorgfältig befestigte sie sie so, daß sie nicht herunterfiel. Dann versuchte sie es bei der nächsten Schraube. Wieviel Zeit war vergangen? Wie lange würde Donny wegbleiben?

Nach einer Weile wurde sie vollkommen gefühllos. Sie arbeitete wie ein Roboter ungeachtet des Schmerzes in ihren Armen und Händen und ungeachtet des Krampfs in ihren Beinen. Gerade hatte sie bemerkt, daß sich die zweite Schraube bewegte, als sie aus der Entfernung das Geräusch des Lieferwagens hörte. Verzweifelt schleppte sie sich zur Couch, schob den Schraubenzieher zwischen die Sprungfedern und nahm das Heft, das Donny auf der Couch hatte liegenlassen.

Quietschend öffnete sich eine Tür. Donnys schwere Schritte hallten auf den Dielen. Er hielt eine Tüte in der Hand. »Ich habe dir einen Hamburger und Soda gekauft«, sagte er. »Ich habe Mike Crandell in der Cafeteria getroffen. Dein Bild hängt überall aus. Es war keine gute Idee, daß du mich gezwungen hast mit dir zum Einkaufen zu gehen. Wir werden unseren Hochzeitstag verschieben müssen. Ich muß am Morgen ins Motel gehen – sie würden es merkwürdig finden, wenn ich dort nicht auftauchen würde. Und sie schulden mir noch Geld. Aber wenn ich zurückkomme, dann heiraten wir und gehen von hier weg.«

Die Entscheidung schien ihn beruhigt zu haben. Er ging zu ihr hinüber und legte die Tüte auf die Couch. »Freut es dich, daß ich immer, wenn ich für mich etwas kaufe, auch an dich denke?« Innig küßte er sie auf die Stirn.

Kay versuchte keine Abwehr zu zeigen. Bei dem dämmrigen Licht konnte er zumindest nicht erkennen, wie geschwollen ihre Hände waren. Und morgen früh würde er ins Motel arbeiten gehen. Das bedeutete, daß ihr nur noch ein paar Stunden blieben, bevor sie mit ihm verschwinden würde.

Donny räusperte sich. »Ich werde ein furchtbar nervöser Bräutigam sein, Kay«, sagte er. »Wir wollen unser Gelöbnis jetzt üben. Ich Donald, nehme dich, Kay...«

Er kannte die Worte, die bei der traditionellen Zeremonie üblich waren, auswendig. Kays Gedanken waren erfüllt von der Erinnerung an den Moment, als sie sagte: ›Ich Katherine, nehme dich Michael.‹ O Mike, dachte sie, Mike.

»Nun, Kay?« Der scharfe Ton kehrte in Donnys Stimme zurück.

»Ich habe kein so gutes Gedächtnis wie du«, sagte sie. »Vielleicht ist es besser, wenn du den Wortlaut aufschreibst, dann kann ich morgen üben, wenn du bei der Arbeit bist.«

Donny lächelte. In dem dämmrigen Licht sah es aus, als lägen seine Augen tief in ihren Höhlen, sein schmales Gesicht erschien fast skelettartig. »Ich denke, das wäre hübsch«, sagte er. »Warum ißt du deinen Hamburger nicht?«

In dieser Nacht hielt Kay ihre Augen fest geschlossen, ihren Atem zwang sie gleichmäßig zu klingen. Es war ihr bewußt, daß Donny kam und ging und sie beobachtete. Aber ihr ganzes Denken richtete sich allein auf eine Tatsache: Selbst wenn sie es schaffte, die Metallplatte zu lösen, bevor er zurückkam, gab es keine Garantie, daß sie ihm entfliehen konnte. Wie weit käme sie in diesen unbekannten Wäldern mit den Fesseln an einem Fuß und mit der Last der Platte und der Kette?

Auf der Route 95 Süd herrschte starker Verkehr. Marian Martin spürte, daß der leicht anhaltende Kopfschmerz vermutlich daher rührte, daß sie mittags nur ein kleines Sandwich gegessen hatte. Eine Tasse Tee und eine Semmel, dachte sie sehnsüchtig. Aber das nicht nachlassende Gefühl der Dringlichkeit ließ sie den Fuß auf dem Gaspedal halten, bis sie um zehn vor sieben in die Einfahrt von Virginia O'Neils Haus in Jefferson Township einbog.

Virginia hatte im Wohnzimmer Käse und Crackers und eine gekühlte Karaffe mit Wein bereitgestellt. Dankbar verzehrte Marian den Briekäse, trank Chablis und sah sich in dem freundlich möblierten Wohnzimmer um, in dessen Nische ein mit Notenblättern bedeckter Flügel stand.

Die Notenblätter erinnerten Marian plötzlich an etwas. »Du hast doch in Kay Wesleys Chorklasse Klavier gespielt?«

»Nicht das ganze Jahr hindurch. Nur im letzten Semester als Kay unterrichtete.«

»An irgend etwas im Zusammenhang mit dieser Klasse versuche ich mich zu erinnern«, sagte Marian voller Ungeduld.

Zum Abendessen gab es Hähnchen in Zitronensoße mit wildem Reis und Salat, aber so hungrig Marian auch war, wußte sie kaum, was sie zu sich nahm. Sie bestand darauf, die Bilder des Schultreffens anzusehen, während sie aß. Rudy Kluger war groß und schlank gewesen. Als er Wendy Fitzgerald ermordete, war er Anfang Dreißig. Das hieß, er müßte jetzt um die Fünfzig sein. Marian ging die Bilder schnell durch. Die ältesten Schüler mußten nun im Alter von ungefähr vierzig Jahren sein. Es dürften nicht viele ältere Männer auf dem Foto sein.

Sie hatte recht. Die wenigen, die sie sah, ähnelten nicht im entferntesten Rudy. Während sie die Fotos durchging, erzählte ihr Virginia, daß Mike Kays Bild in den umliegenden Städten verteilte und daß der Detective anfangs an keinen Kriminalfall geglaubt hatte, nun aber aktiv bei der Suche mithalf. »Er ist heute bis spät abends in seinem Büro«, sagte Virginia. »Er bat mich, ihn anzurufen, falls wir auf etwas stoßen sollten.« Sie nahm ihren Stuhl und setzte sich neben Marian; in der Zwischenzeit räumte Jack den Tisch ab und servierte den Kaffee. Virginia nahm ein Bild heraus. »Sehen Sie«, sagte sie, »das war am Schluß. Kay hatte gerade den Hot dog gegessen. Sie verabschiedete sich von den Leuten, die um sie standen. Ich habe als letzte mit ihr gesprochen. Dann ging sie den Weg entlang zum Parkplatz.«

Marian betrachtete das Bild eingehend. Kay stand nahe bei dem Weg. Plötzlich erkannte Marian etwas in dem Wäldchen, das neben dem Parkplatz lag. »Hast du ein Vergrößerungsglas?« fragte sie.

Ein paar Minuten später waren sie sich einig. Halb verborgen hinter einer Ulme war etwas zu sehen, das durchaus ein Mann sein konnte, der nicht gesehen werden wollte. »Das bedeutet vermutlich gar nichts«, sagte Marian und versuchte, nicht aufgeregt zu klingen. »Aber vielleicht sollte ich doch mit dem Detective sprechen.«

Jimmy Barrot saß an seinem Schreibtisch, als ihn der Anruf erreichte. Wie es der Zufall wollte, sah er sich gerade die Akte von Rudy Kluger durch, der vor zwanzig Jahren eine sechzehnjährige Schülerin an der Garden State High School ermordet hatte, nachdem er ihr in dem Wäldchen bei dem Picknickgelände aufgelauert hatte. Rudy Kluger war vor sechs Wochen aus dem Gefängnis entlassen worden und hatte bereits gegen die Auflagen seiner Bewährung verstoßen, indem er sich nicht bei der Polizei gemeldet hatte.

Jimmy Barrot fühlte, wie sich ihm die Kehle zuschnürte, als er der früheren Vertrauenslehrerin zuhörte, die glaubte, jemand hinter einem Baum auf der Lauer zu sehen, gerade in dem Moment; als Kay Crandell das Fest verließ und die sich wegen Rudy Kluger schreckliche Sorgen machte.

»Miß Martin«, sagte Jimmy Barrot. »Ich will es Ihnen ganz offen sagen. Rudy Kluger ist aus dem Gefängnis entlassen worden. Wir fahnden bereits nach ihm. Aber wollen Sie mir bitte einen Gefallen tun? Tun Sie so, als würde Kluger nicht existieren. Sehen Sie sich die Bilder ohne alle Vorurteile an. Ich weiß nicht warum, aber ich habe das Gefühl, daß Sie auf etwas kommen werden, das uns weiterhilft.«

Sie wußte, wie recht er bezüglich der Vorurteile hatte. Marian legte auf und vertiefte sich wieder in die Betrachtung der Bilder.

Um halb zwölf konnte sie die Augen nicht mehr offenhalten. »Ich bin auch nicht mehr so jung, wie ich einmal war«, sagte sie entschuldigend.

Das Gästezimmer war am anderen Ende des Gangs, auf dem auch das Kinderzimmer war. Trotzdem hörte Marian die Zwillinge mitten in der Nacht weinen. Sie fiel wieder in Schlaf, aber in der kurzen Zeit des Wachseins bemerkte sie, daß sie etwas beunruhigte, etwas das sie auf den Fotos gesehen hatte, woran sie sich unbedingt erinnern mußte.

Clarence Gerber schlief in dieser Freitagnacht nicht gut. Brenda mochte zum Frühstück nichts lieber als Toastwaffeln, und der Toaster war schon seit zwei Tagen kaputt. Und Brenda meinte, daß es nicht nötig sei einen neuen zu kaufen, weil Donny Rubel für zehn Dollar den alten reparieren konnte, daß er so gut wie neu war.

In dieser ruhelosen Nacht dachte Clarence darüber nach, daß das tatsächliche Problem des Rentnerdaseins war, nach dem Aufstehen nichts zu tun zu haben, und das bedeutete, daß man nichts zu erzählen hatte. Jetzt waren die beiden Schwestern von Brenda so oft hier im Haus, daß er nie zu Wort kam. Sie unterbrachen ihn sofort, wenn er anfing zu reden.

Während Brenda neben ihm schnaufte und sich herumwarf, so weit wie möglich von ihm entfernt auf der anderen Seite des Doppelbettes, gerade noch ohne hinauszufallen, begann Clarence gegen fünf Uhr morgens seinen Plan zu entwickeln. Vielleicht lohnte sich für Donny der Zeitaufwand nicht, für einen 10-Dollar-Job extra zu ihm zu kommen. Aber Clarence hatte eine Lösung gefunden. Ein- oder zweimal hatte er kein Geld dabei gehabt, um eine Reparatur bei Donny zu bezahlen, daher hatte er ihm einen Scheck geschickt. Er besaß seine Adresse. Irgendwo in Howville. Timber Lane. Das war es. Nahe bei den Seen, wo Clarence als Kind zum Schwimmen gegangen war. Am Morgen würde er zu Donnys Haus fahren und, falls Donny nicht da war, den Toaster mit einer Nachricht dort lassen, daß er ihn abholen würde, wenn Donny ihn repariert hatte.

Der Schlaf schloß Clarence die Augenlider. Mit einem halben Lächeln entschlummerte er. Es war gut, einen Plan zu haben, etwas zu tun zu haben, wenn man aufwachte.

Lange vor Morgengrauen hörte Kay geräuschvolles Herumhantieren im Wohnzimmer. Was tat Donny da? Mit einem dumpfen Laut fielen Gegenstände zu Boden. Donny packte die Koffer. Die Unausweichlichkeit dessen, was diese Stoß- und Ziehgeräusche bedeuteten, ließ Kay ihre Fäuste auf ihren Mund pressen. Wenn es jemals notwendig war, ruhig zu bleiben, damit er keinen Verdacht schöpfte, dann in den nächsten Stunden. Die einzige Möglichkeit zu fliehen, gab es nur dann, wenn er heute morgen seine letzten Aufträge und Besorgungen erledigte. Wenn er irgendeinen Verdacht schöpfte, würde er sofort mit ihr wegfahren.

Als er ihr um sieben Uhr eine Tasse Kaffee brachte, schaffte sie es, ein gequältes Lächeln aufzusetzen. »Du denkst an alles, Donny«, murmelte sie, während sie sich aufsetzte und dabei darauf achtete, die Decken unter ihre Arme zu stopfen.

Er sah sie erfreut an. Er trug eine dunkelblaue Hose und ein kurzärmeliges weißes Hemd. Statt seiner üblichen Slipper hatte er auf Hochglanz polierte hellbraune Schuhe an. Offensichtlich hatte er sich besondere Mühe mit seinem Haar gegeben. Es war so glatt an seinen Schädel gekämmt, als ob er Haarspray benutzt hätte. Seine trübbraunen Augen glommen vor

Aufregung. »Ich habe alles genau geplant, Kay«, sagte er zu ihr. »Das meiste von dem Zeug packe ich in den Lieferwagen, bevor ich wegfahre. So können wir gleich heiraten, wenn ich heimkomme und unser Hochzeitsessen feiern. Das muß vormittags sein, weil ich nicht bis heute abend warten will. Dann fahren wir einfach los. Ich werde auf dem Tonband eine Nachricht hinterlassen, daß ich einen längeren Urlaub mache. Meinen besten Kunden sage ich heute morgen, daß ich heiraten werde. So wird es niemand komisch finden, wenn wir für längere Zeit nicht zurückkommen.«

Er war von seinen Plänen offensichtlich sehr angetan. Er beugte sich über Kay und küßte ihr Haar. »Wenn du ein Baby hast, fahren wir vielleicht zu meiner Mutter. Sie hat immer über mich gelacht, wenn ich ihr erzählt habe, daß ich mit den Mädchen nie richtig weiterkomme. Sie sagte dann immer, daß ich erst dann eine Freundin haben werde, wenn ich das Mädchen festbinde. Aber wenn sie sieht, wie schön du bist und wie wir unser Baby lieben, dann wird sie sich wohl entschuldigen.«

Er ließ nicht zu, daß Kay sich vor dem Frühstück anzog. »Zieh einfach dein Kleid an.« Die Spannung in seinem Körper war schon fast wie ein Fieber. Sie wollte nicht in dem dünnen, engen Nachthemd und dem Kleid herumlaufen.

»Donny, es ist unglaublich kalt. Leih mir deinen Regenmantel, während wir warten.«

Er hatte einige Utensilien draußen gelassen, auch den Kaffeetopf, den Toaster, zwei Teller. Alles andere war verpackt.

»Die meiste Zeit werden wir in Zelten und Blockhütten wohnen, bis wir nach Wyoming kommen, Kay. Du magst es doch, wenn es ein bißchen rauher ist, oder?«

Sie mußte sich auf die Lippen beißen, um ein heftiges nervöses Lachen zu unterdrücken. Sie hatte voll eingerichtete Wochenendhäuser, die oft sehr attraktiv waren, eigentlich als ›etwas rauh‹ bezeichnet. Mike. Mike. Als sie seinen Namen dachte, wurde aus dem aufsteigenden Lachen eine Tränenflut. Nicht, warnte sie sich selbst, nicht.

»Weinst du etwa, Kay?« Donny beugte sich über den Tisch und starrte sie an. Irgendwie schluckte sie ihr Schluchzen hinunter.

»Natürlich nicht.« Sie schaffte es, atemlos und etwas ärgerlich zu klingen. »Jede Braut ist vor der Hochzeit etwas ängstlich.«

Seine über den Zähnen breit auseinandergezogenen Lippen waren die Karikatur einer Lächelns. »Frühstücke jetzt, Kay. Du mußt deine Sachen einpacken.«

Er schleppte einen großen roten Koffer an. »Schau her! Den habe ich für dich gekauft.« Aber er erlaubte ihr nicht, Jeans und ein T-Shirt anzuziehen. »Nein, Kay. Pack alles ein außer deinem Hochzeitskleid.«

Um halb zehn fuhr er los und versprach, nicht länger als zwei oder drei Stunden wegzubleiben. Im Wohnzimmer standen seine beiden alten Koffer neben ihrem neuen roten. Nur das Poster mit dem Bild von ihnen beiden auf der Abschlußfeier blieb an der Wand. »Davor werden wir unser Gelöbnis sprechen«, hatte Donny gesagt.

Das durchsichtige Kleid war an den Schultern zu

eng. Es spannte und zerriß, als sie sich tief in die Federn der Couch nach dem Schraubenzieher bückte. Kay erwischte den Schraubenzieher mit der Hand, legte ihn dann hin und riß sorgfältig das Stück Papier in Fetzen, auf das Donny ihr die Hochzeitsformel aufgeschrieben hatte. Er würde sie ja sowieso umbringen. Sie konnte ihn genausogut hier herausfordern, wo irgendwann ihr Körper gefunden würde und Mike dann nicht mehr nach ihr zu suchen brauchte.

Mit der Ruhe der Verzweiflung nahm sie den Schraubenzieher, stand auf und ging zu der Metallplatte, schleppte dabei die schwere Kette hinter sich her. Sie kniete sich auf den Boden, nahm die bereits losgedrehte Schraube heraus und steckte die Spitze des Schraubenziehers in die zweite Schraube, die bereits gestern abend begonnen hatte sich zu lockern.

Mike traf um neun Uhr im Haus der O'Neils ein. Es war ein wunderbarer Junitag, strahlend voll Sonne. Es war widersinnig, daß irgend etwas an einem Tag wie diesem verkehrt sein könnte, dachte Mike. Wie in einem Traum sah er in einem Nachbargarten einen jungen Mann, der den Rasensprenger aufdrehte. Überall um ihn herum erledigten die Menschen ganz gewöhnliche Samstagmorgenangelegenheiten oder fuhren zum Golfspielen oder mit ihren Kindern ins Grüne. Er hatte in den vergangenen Tagen drei Stunden noch mehr Abzüge von Kays Bild an die Telefonhäuschen in der Nähe der örtlichen Schwimmbäder geklebt.

Er klopfte an die vordere Tür, ging dann hinein. Die anderen saßen bereits um den Küchentisch. Virginia und Jack O'Neil, Jimmy Barrot, die drei Mitschülerinnen von Virginia. Mike wurde Marian Martin vorgestellt. Er spürte sofort die gesteigerte Spannung im Raum. Er hatte Angst zu fragen und sah Jimmy Barrot an. »Sagt mir, was ihr wißt.«

»Wir *wissen* gar nichts«, erwiderte Jimmy Barrot. »Wir *glauben*, daß Miß Martin jemanden gesehen haben könnte, der sich am Weg versteckte, genau als Kay das Picknick verließ. Wir haben das Bild jetzt vergrößern lassen. Aber wir sind nicht sicher, ob es nicht doch ein Ast oder so etwas ist.« Er zögerte, als ob er noch mehr sagen wollte, sagte dann: »Laßt uns keine Zeit verlieren und weiter die Leute auf diesen Bildern identifizieren.«

Minuten vergingen. Mike saß hilflos da. Es gab keine Möglichkeit zu helfen. Er dachte daran, vielleicht in weiter entfernte Orte zu fahren, wo er noch keine Fotos von Kay aufgehängt hatte, aber irgend etwas hielt ihn hier fest. Er hatte das Gefühl, daß die Zeit davonlief. Er war sicher, daß es jedem so ging.

Um halb zehn schüttelte Marian Martin ungeduldig ihren Kopf. »Ich hatte gedacht, daß ich jedes Gesicht kenne, so ein Blödsinn. Menschen verändern sich. Ich brauche eine Liste der Studenten, die beim Klassentreffen waren. Das würde uns helfen.«

»Es ist Samstag«, sagte Virginia. »Das Büro ist geschlossen. Aber ich rufe Gene Pearson zu Hause an. Er ist der Direktor der Garden State«, wandte sie sich an Mike.

»Ich kenne ihn.« Mike erinnerte sich an Pearsons frühere Unfreundlichkeit.

Aber als er knapp dreißig Minuten später eintraf, war offensichtlich, daß Gene Pearson, wie auch Jimmy

125

Barrot, seine Meinung geändert hatte. Er war unrasiert, sah aus, als wenn er nur schnell in irgendwelche Kleider geschlüpft war, er entschuldigte sich dafür, daß er so spät gekommen war.

Pearson gab Marian die Liste derjenigen, die am Klassentreffen teilgenommen hatten. »Wie kann ich Ihnen helfen?« fragte er.

Das Telefon klingelte. Alle sprangen auf. Virginia nahm den Hörer. »Es ist für Sie«, sagte sie zu Jimmy Barrot.

Mike versuchte, etwas aus Jimmys Worten zu entnehmen, verstand jedoch nichts. »O.k. Lest ihm seine verdammten Bewährungsauflagen vor und paßt auf, daß er das Papier unterschreibt«, sagte Jimmy. »Ich komme gleich rüber.«

Im Zimmer war es totenstill. Jimmy legte auf und sah Mike an. »Wir haben versucht, einen Kerl namens Rudy Kluger aufzuspüren, der vor kurzem aus dem Gefängnis entlassen worden ist. Er hat 20 Jahre abgesessen, weil er ein Mädchen ermordet hat, das er von dem Picknickgelände bei der Garden State High School entführt hat.«

Mikes Brust verkrampfte sich, während er wartete.

Jimmy leckte sich über die Lippen. »Vielleicht hat das nichts mit dem Verschwinden Ihrer Frau zu tun, aber sie haben ihn genau in diesem Wald aufgegriffen. Er versuchte, einer jungen Joggerin aufzulauern.«

»Und er könnte am Mittwoch auch dagewesen sein«, sagte Mike.

»Das ist möglich.«

»Ich komme mit Ihnen.« *Kay*, dachte Mike, *Kay*.

Als ob sie ihr Vorhaben jetzt sinnlos fänden, legten

alle am Tisch ihre Fotos wieder hin. Eine der Schulkameradinnen von Virginia begann zu schluchzen.

»Mike, Kay *hat* dich doch vorgestern abend angerufen«, erinnerte ihn Virginia.

»Aber gestern abend nicht. Und jetzt versucht vielleicht Kluger, jemanden neuen zu finden.«

Mike ging hinter Jimmy Barrot zum Auto. Er war sich dessen bewußt, daß er einen Schock hatte. Er fühlte überhaupt nichts, weder Kummer noch Trauer noch Zorn. Wieder flüsterte er Kays Namen, aber er löste kein Gefühl aus.

Jimmy Barrot parkte gerade rückwärts aus, als Jack O'Neil aus dem Haus gestürzt kam. »Anhalten«, rief er. »Ihr Büro ist am Apparat. Eine Frau namens Vina Howard hat eines der Fotos von Kay gesehen und schwört, daß Kay gestern nachmittag in ihrer Boutique in Pleasantwood war.«

Jimmy Barrot stieg heftig auf die Bremse. Er und Mike sprangen aus dem Auto und rannten ins Haus. Jimmy nahm das Telefon. Mike und die anderen standen um ihn herum. Jimmy stellte Fragen und bellte Anweisungen. Er hängte auf und wandte sich an Mike.

»Diese Frau Howard und ihre Assistentin schwören beide, daß es Kay war. Sie kam mit einem Jungen so um die Zwanzig. Frau Howard dachte, sie seien von irgend etwas high, aber nachdem sie mit meinen Leuten gesprochen hat, meint sie, daß Kay vielleicht verängstigt war. Kay hat den Buchstaben *H* in die Wand der Umkleidekabine gekratzt.«

»Ein Junge um die Zwanzig«, rief Mike aus. »Das bedeutet, daß es nicht Kluger sein kann.« Erleichterung mischte sich mit neuer Angst. »Sie hat versucht, etwas in die Umkleidekabine zu schreiben.« Seine Stimme schwankte, als er jetzt flüsterte. »Ein Wort mit *H*.«

»Sie hat vielleicht versucht, ›Hilfe‹ zu schreiben«, warf Jimmy Barrot ein. »Jedenfalls wissen wir jetzt, daß sie nicht mit Kluger zusammen war.«

»Aber was hat sie in einer Boutique gemacht?« fragte Jack O'Neil.

Jimmy Barrots Gesicht war voll Zweifel. »Ich weiß, daß es verrückt klingt, aber sie wollte ein Hochzeitskleid kaufen.«

»Ich muß mit dieser Frau reden«, sagte Mike.

»Sie kommt mit ihrer Assistentin so schnell wie möglich in einem Streifenwagen hierher«, sagte Jimmy Barrot zu ihm. Er deutete auf den Tisch. »Es ist ziemlich wahrscheinlich, daß sie den Typen, mit dem Ihre Frau unterwegs war, auf einem dieser Fotos herausfinden.«

Clarence Gerber war überrascht, wie sehr sich die Umgebung von Howville verändert hatte. In seiner Jugend war dort alles richtig ländlich gewesen, mit Bergen und versteckten Seen. Hier hatte sich nichts so entwickelt wie in den meisten Städten dieser Gegend. Seit vielen Jahren gab es Luftverschmutzung. Abfälle aus den Fabriken hatten das Schwimmen und Fischen unmöglich gemacht. Aber er war nicht vorbereitet darauf, wie heruntergekommen dieses Gebiet war. Häuser verrotteten, als ob sie für immer verlassen wären. Dreck und Schrottautos waren in den Abwassergräben neben der Straße zu rostigen Haufen getürmt. Warum bloß blieb ein Junge wie Donny hier draußen? fragte sich Clarence.

Längst vergessene Erinnerungen kamen wieder hoch in ihm. Timber Lane war nicht direkt an der

Hauptstraße. Er mußte an dieser Abzweigung nach ein oder zwei Meilen abbiegen, dann noch fünf Meilen weiter, dann nach rechts auf eine Schotterstraße, die zur Timber Lane führte.

Clarence freute sich über den sonnigen Tag, er freute sich darüber, daß sein elf Jahre altes Auto so gut durchhielt. Er hatte erst vor kurzem das Öl gewechselt, und auch wenn es in Steigungen ein wenig keuchte, ›so wie ich‹ meinte er dazu, so war es doch ein gutes, schweres Auto. Nicht wie diese neuen Blechkisten, die sie heutzutage Autos nennen und Preisschilder dranklebten, für die man in seiner Jugend einen ganzen Landsitz hätte kaufen können.

Brendas Schwestern waren gekommen, noch bevor er einen Schluck Kaffee getrunken hatte. Sie waren alle ganz froh, daß er etwas vorhatte, und waren vollauf damit beschäftigt, über den Kerl zu reden, der überall in der Gegend Fotos von seiner verschwundenen Frau aufhängte. Clarence versuchte sich vorzustellen, daß Brenda verschwunden wäre. Er kicherte. Ihn würden sie nie als Ruhestörer belangen können, weil er überall Bilder von ihr aufhing.

Er fand die Abzweigung. Bleib rechts, sagte er sich. Das Schild zur Timber Lane kann verschwunden sein, aber er wußte, daß er sich auskennen würde. Der Toaster stand auf dem Beifahrersitz. Er hatte daran gedacht, ein leeres Blatt Papier und einen Umschlag mitzunehmen. Wenn Donny nicht zu Hause war, würde er ihm eine Nachricht hinterlassen. Vielleicht könnte er ein nettes Schwätzchen mit Donny halten, wenn er auf dem Rückweg den Toaster abholte. Donny war es hier draußen sicher ziemlich einsam. Es sah so aus, als wenn im Umkreis mehrerer Meilen keine Menschenseele lebte.

Die zweite Schraube lag auf dem Boden. Die dritte begann sich zu lockern. Kay setzte ihr ganzes Gewicht ein, um den Schraubenzieher zu bewegen. Sie spürte, wie sich ganz langsam etwas in dem Werkzeug veränderte. O Gott, hoffentlich bricht er jetzt nicht. Wie lange war er schon weg? Wenigstens eine Stunde? Das Telefon hatte zweimal geläutet, und der Anrufer hörte die Nachricht über den langen Urlaub, aber Donny rief nicht an. Sie richtete sich auf und wischte sich den Schweiß von der Stirn. Ihre Benommenheit warnte sie, daß sie fast völlig erschöpft war. Ihre Beine hatten sich verkrampft. Sie wollte zwar die Zeit nicht verschwenden, stand jedoch auf und streckte sich. Sie drehte sich um, und ihr Blick fiel auf das Foto von der Abschlußfeier, auf der gegenüberliegenden Wand. Geschwächt fiel sie wieder in sich zusammen und drehte dann mit einem neuen Energieausbruch den Schraubenzieher. Plötzlich drehte er in ihrer Hand durch. Die dritte Schraube war lose. Sie zog sie heraus und wagte zum erstenmal zu hoffen, daß sie wirklich eine Chance haben könnte.

Und dann hörte sie es, daß Geräusch eines Autos, das Quietschen der Bremsen. Nein, nein, nein. Erstarrt legte sie den Schraubenzieher auf den Boden und faltete die Hände. Soll er sehen, was sie getan hatte. Soll er sie hier und jetzt töten.

Zuerst glaubte sie zu fantasieren. Das war nicht möglich. Und doch war es so. Jemand hämmerte an die Tür. Die Stimme eines alten Mannes rief: »Hallo, ist hier jemand da?«

Das Sirenengeheul in dem Streifenwagen, die verrückte Raserei über rote Ampeln ließen die zehn Meilen Fahrt von Pleasantwood zum Haus der O'Neils in Jefferson Township für Vina Howard und ihre Assistentin Edna zu einer Ewigkeit werden. *Gestern abend habe ich das Bild dieser Frau gesehen*, machte Vina sich stille Vorwürfe, *und ich habe nur an die Tapete gedacht. Wenn...*

Sie hätte es merken müssen, daß da etwas nicht gestimmt hatte. Dieser Kerl hatte es so eilig gehabt. Sie wollte das Kleid unbedingt anprobieren, versuchte dazubleiben, indem sie noch nach anderen Kleidern fragte. Er schaute durch den Vorhang der Umkleidekabine, als wenn er ihr nicht trauen würde. Und ich habe mir nur um die Tapete Sorgen gemacht.

Jimmy Barrot schnitt Vina das Wort ab, als sie im Haus der O'Neils all das erzählen wollte. »Mrs. Howard, bitte. Wir nehmen an, daß derjenige, der Kay Crandell entführt hat, auf einem dieser Bilder sein muß. Können Sie sich die jetzt einmal ansehen? Sind Sie sicher, daß er rote Haare hatte? Sicher, daß er blaue Augen hatte?«

»Absolut«, sagte Vina. »War es nicht sogar so, daß wir noch darüber geredet haben, daß er wahrscheinlich gerade beim Friseur gewesen war?«

Marian Martin stand vom Tisch auf. »Setzen Sie sich hier hin. Ich will mir die Liste noch einmal ansehen.« Das schreckliche nagende Gefühl, daß sie etwas übersehen hatte. Warum explodierte es in ihr? Sie ging in das Wohnzimmer. Gene Pearson folgte ihr.

Virginia gab ihren Freundinnen ein Zeichen. Sie setzten sich auf eine halbrunde Couch am anderen Ende des Raumes.

131

Mike stand am Tisch und beobachtete die ernsten Gesichter der beiden Frauen, die Kay gestern gesehen hatten. Pleasantwood. Dort war er gewesen. »Um welche Uhrzeit, sagten Sie, war Kay in Ihrem Laden?« fragte er Vina.

»Gegen drei. Es kann eine Viertelstunde später gewesen sein.«

Er hatte dieses Haus gestern um drei Uhr verlassen und war direkt nach Pleasantwood gefahren. Er muß in dieser Stadt gewesen sein, als Kay dort war. Angesichts dieser Ironie wollte er auf die Wand mit seinen Fäusten einschlagen.

Jack O'Neil schob die Bilder zusammen, nachdem Vina und Edna sie weggelegt hatten. »Sie können ihn nicht verfehlen«, sagte Vina zu Jimmy Barrot. »Sie müssen nur nach diesem Haarschopf Ausschau halten.« Sie hielt inne und nahm eines der Bilder. Wissen Sie, es ist schon komisch. Bei ihm hier ist irgend etwas...«

»Wie bitte?« Jimmy Barrot fuhr hoch.

»Der kommt mir so bekannt vor.« Vina biß sich verstört auf die Lippen. »Oh, ich verschwende nur Zeit. Ich weiß, was ich meine. Das ist ja *er* da.« Sie zeigte in das Zimmer hinüber, wo Gene Pearson zusammen mit Marian die Liste des Klassentreffens durchging.

Edna nahm ihr das Bild aus der Hand. »Ich sehe, was es ist, aber...« Ihre Stimme brach ab. Sie sah sich das Bild noch genauer an. »Es klingt dumm«, sagte sie, »aber mit diesem Mann mit dem Bart und der dunklen Brille ist etwas...«

Nebenan studierte Marian Martin jetzt die Liste der

früheren Schüler unter einem anderen Gesichtspunkt. Sie suchte nach einem Namen, den sie aus irgendeinen Grund ausgelassen hatte. Sie war gerade am Anfang des Buchstabens R, als ein Satz von Virginia sie aufmerksam werden ließ.

»Erinnert ihr euch noch daran, wie wir uns alle so wie Kay Wesley anziehen wollten? Sie hätte die Königin in der Abschlußfeier sein können, als sie damals Anstandsdame war.«

Das Abschlußfest, dachte Marian Martin. Daran habe ich mich zu erinnern versucht. Donny Rubel, dieser eigenartige zurückgezogene Junge, der so hinter Kay her war. Ihre Finger rasten über die Seite. Er hatte sich bei dem Klassentreffen eingetragen, aber sie hatte ihn nirgendwo auf irgendeinem der Fotos gesehen. Deshalb war ihr der Name nicht eingefallen.

»Virginia«, fragte sie, »hat jemand Donny Rubel auf dem Klassentreffen gesehen?«

Virginia sah ihre Mitschülerinnen an. »Ich habe ihn nicht gesehen«, sagte sie langsam. Die anderen nickten zustimmend. »Ich habe gehört, daß er so eine Art Reparaturbetrieb hat, aber er war ja immer ein Einzelgänger«, fuhr Virginia fort. »Ich bezweifle, daß er mit irgend jemandem aus der Schule später noch Kontakt gehabt hat. Ich denke, wir hätten ihn bemerkt, wenn er zum Klassentreffen gekommen wäre.«

»Donny Rubel«, unterbrach sie Gene Pearson. »Ich bin *sicher,* daß ich mit ihm gesprochen habe. Er hat sogar von seinem Reparaturbetrieb erzählt. Ich fragte ihn, ob er am Berufsberatungstag reden würde. Es war ziemlich gegen Ende des Picknicks. Er hatte es so eilig, er hat mich ziemlich kurz abgefertigt.«

»Ein kleiner Untersetzter«, schnaufte Marian. »Dunkelbraune Haare, braune Augen. Nicht mal sechs Fuß groß.«

»Nein. Dieser Kerl war ziemlich dünn. Er hatte einen Bart und wirklich wenig Haare. Ich war reichlich überrascht, als er sagte, daß er erst vor acht Jahren die Schule abgeschlossen hatte. Wartet eine Minute.« Gene Pearson stand auf und kratzte sich mit einer Hand die Bartstoppeln in seinem Gesicht. »Auf einem der Fotos ist er mit mir zusammen. Laßt mich mal sehen.«

Pearson, Marian Martin, Virginia und ihre Klassenkameradinnen liefen sofort zusammen aus dem Wohnzimmer in die Küche. Vina Howard hatte gerade ihrer Assistentin das Foto mit Pearson und Ronny Rubel aus der Hand genommen.

»Er hat eine Perücke getragen«, schrie Virginia.

»Deshalb sah sein Haar so ordentlich aus. Das ist der Mann, der in meinem Geschäft war.«

Marian Martin, Virginia und ihre Freunde starrten auf den dünnen, bärtigen Fremden, den niemand erkannt hatte. Aber Gene Pearson rief: »Das ist Rubel. Das ist Rubel.«

Jimmy Barrot nahm Marian die Liste aus der Hand. Donny Rubels Adresse stand neben seinem Namen. »Timber Lane, Howville«, sagte er. »Das sind von hier ungefähr 15 Meilen. Der Streifenwagen steht vor der Tür«, sagte er zu Mike. »Fahren wir.«

Clarence Gerber traute seinen Ohren nicht. Die Stimme einer Frau im Innern des Hauses schrie auf ihn ein, Hilfe zu holen, die Polizei anzurufen, denen zu sagen, daß sie Kay Crandell sei. Aber vielleicht war das irgendein Witz, oder jemand da drinnen hatte Drogen genommen oder so etwas. Clarence beschloß, einen Blick in das Haus zu werfen. Aber es war unmöglich, die Türen oder Fensterläden zu öffnen.

»Verschwenden Sie keine Zeit«, rief Kay. »Er wird jeden Augenblick zurückkommen. Fahren Sie und holen Sie Hilfe. Er wird Sie umbringen, wenn er Sie hier findet.«

Clarence rüttelte noch einmal an dem vordersten Fensterladen. Er war von innen verriegelt. »Kay Crandell«, sagte er laut und merkte jetzt, daß ihm der Name bekannt vorkam. Das war die Frau, über die Brenda und ihre Schwestern heute morgen gesprochen hatten, die, deren Ehemann die Bilder aufhängte. Er sollte sich beeilen, zur Polizei zu kommen. Er vergaß völlig den Toaster, den er auf die Veranda gestellt hatte, ging zum Auto zurück und versuchte, soviel wie möglich aus der alten Kiste herauszuholen, die sich jaulend die kurvige, schlechte Schotterstraße entlangquälte.

Kay hörte, wie das Auto davonfuhr. »Hoffentlich kommt er rechtzeitig, hoffentlich kommt er rechtzeitig.« Wie weit war es bis zum nächsten Telefon, wie lange würde es dauern, bis die Polizei hier sein konnte? Zehn Minuten? Fünfzehn? Es könnte zu spät sein. Die vierte Schraube saß noch völlig fest. Die wurde sie nie losbekommen. Aber vielleicht doch. Da schon drei Schrauben herausgedreht waren, konnte sie mit dem Schraubenzieher eine Ecke der Metallplatte von der Wand wegdrücken. Sie drückte die Kette in die Öffnung, bis sie sie mit beiden Händen fassen konnte. Sie krümmte sich, streckte ihre Arme und zog die Kette mit sich, bis sie mit einem krachenden, klirrenden Geräusch belohnt wurde, dann stolperte sie rückwärts, als die Metallplatte aus der Wand herausgerissen wurde, ein Klumpen Mauerwerk hing noch an ihr.

Kay stand auf und spürte ein wenig Blut an der Stelle, wo sie mit dem Kopf an die Couch gestoßen war. Die Metallplatte war schwer. Sie klemmte sie unter einen Arm, schlang sich die Kette um die Taille und ging zur Tür hinüber.

Das vertraute Geräusch des Lieferwagens, der in die Lichtung einbog, drang in ihr Ohr.

Die angestaute Aufregung in Donny war wie ein Fieber. Er hatte alle Aufträge erledigt. Er hatte all seinen Kunden erklärt, daß er heiraten und einen langen Urlaub machen würde. Sie waren überrascht gewesen, hatten dann gesagt, daß sie sich für ihn freuten und ihn sicher vermissen würden. Sagten, er solle sich melden, wenn er wieder da sei.

Er würde nie zurückkommen. Wohin er auch kam, sah er die Bilder von Kay. Mike Crandell suchte überall nach ihr. Donny tastete nach der Pistole in der Innentasche seines Jacketts. Bevor er Kay verlieren würde, würde er Mike, Kay und sich selbst umbringen.

Aber darüber wollte er nicht nachdenken. Es würde alles gut werden. Er hatte sich um alles gekümmert. In ein paar Minuten würden Kay und er heiraten und ihr Hochzeitsessen haben. Er hatte Champagner eingekauft und einiges aus dem Feinkostgeschäft und einen Kokosnußkuchen, der ein wenig wie ein Hochzeitskuchen aussah. Danach würden sie wegfahren. Heute abend kämen sie noch bis Pennsylvania. Er kannte einige gute Campingplätze. Es tat ihm leid, daß er nicht genug Zeit gehabt hatte, um für Kay noch ein Hochzeitsnachthemd einzukaufen. Aber das, das sie trug, war wirklich schön.

Er kam zu der Abzweigung. Noch zehn Minuten. Er hoffte, daß Kay die Heiratsformel auswendig gelernt hatte. Eine Juni-Braut. Er wünschte, daß er daran gedacht hätte, ihr Blumen mitzubringen. Das würde er wieder gutmachen. »Dein Ehemann wird sich um dich kümmern, Kay«, sprach er laut vor sich hin. Die Sonne war so hell, daß seine Augen sogar trotz der dunklen Gläser zu tränen begannen. Glücklich wird die Braut sein, an deren Hochzeitstag die Sonne scheint. Er dachte an Kays strahlendes Haar. Heute wird ihr Kopf auf seiner Schulter ruhen. Sie wird ihre Arme um ihn legen. Sie wird ihm sagen, wie sehr sie ihn liebt.

Noch bevor er es sah, hörte er das alte Auto, das näher kam. Er mußte an die Seite fahren, um es vorbeizulassen. Nur flüchtig sah er wirres weißes Haar, einen dünnen Kerl, der sich über das Steuer beugte. Er hatte große Schilder ›Einfahrt verboten‹ an der letzten Biegung der Straße vor seinem Haus aufgestellt, und es würde sowieso niemanden interessieren, zu einem mit Brettern vernagelten Haus zu fahren. Eben deshalb spürte Donny, wie sein Körper vor Zorn zitterte. Er wollte nicht, daß irgendwer hier herumschnüffelte.

Rücksichtslos trat er mit seinem Fuß auf das Gaspedal. Der Lieferwagen schlingerte die kurvige Straße entlang. Strähniges weißes Haar. Dieses Auto. Das hatte er früher schon gesehen. Als er den Lieferwagen zum Stehen brachte, erinnerte Donny sich an den Anruf von gestern. *Clarence Gerber*. Das war der Mann in dem Auto.

Er sprang aus dem Lieferwagen und lief auf das Haus zu, sah dann den Toaster auf der Veranda. Er erinnerte sich jetzt an die eigenartige Art, wie Gerber gefahren war, als ob er versuchte, das Auto noch schneller zu machen. *Gerber fuhr zur Polizei.*

Donny sprang wieder in den Lieferwagen. Er würde Gerber einholen. Das alte Wrack, in dem er fuhr, war nicht schneller als 40 Meilen in der Stunde. Er würde ihn von der Straße drängen. Und dann... Donny startete den Lieferwagen, sein Mund war eine dünne, erbarmungslose Linie. Und dann würde er zurückkommen, und sich um Kay kümmern, die ihn, wie er jetzt wußte, betrogen hatte.

Mike saß neben Jimmy Barrot auf der Rückbank des Streifenwagens und hörte das Heulen der Sirene. Kay ist noch fünfzehn Meilen weit weg, noch zwölf Meilen, acht Meilen weit weg. ›O Gott, bitte, wenn es dich gibt, und ich weiß, daß es dich gibt, du kannst von mir verlangen, was du willst, ich werde alles tun. Bitte. Bitte,‹ dachte er.

Die Landschaft hatte sich unversehens verändert. Plötzlich befanden sie sich nicht mehr in ordentlichen Vorortsiedlungen mit gut gepflegtem Rasen und blühenden Rosenbüschen. Neben der Schnellstraße türmten sich Abfallhaufen. Der Verkehr war fast völlig verschwunden.

Jimmy Barrot sah sich die Landkarte an. »Ich würde wetten, daß hier seit zwanzig Jahren kein Straßenschild mehr steht«, murmelte er. »Noch ungefähr eine Meile, dann kommen wir an eine Abzweigung«, bellte er den Polizisten am Steuer an. »Fahren Sie dort rechts.«

Sie waren fast an der Abzweigung, als der Fahrer auf die Bremse stieg, um nicht einen alten Mann anzufahren, der in der Mitte der Straße winkte und dessen blutverkrustetes Haar ihm ins Gesicht hing. Im Straßengraben konnten sie ein Auto erkennen, das in Flammen aufgegangen war. Jimmy riß die Tür auf, sprang heraus und zog den alten Mann in den Polizeiwagen.

Clarence Gerber keuchte: »Er hat mich von der Straße gedrängt. Donny Rubel. Er hat eine Kay Crandell in seinem Haus.«

Vor Entsetzen ungläubig hörte Kay die quietschenden Reifen, als der Lieferwagen die Straße heraufkam. Donny mußte das Auto gesehen haben, das der alte Mann fuhr, er muß Verdacht geschöpft haben. Laß nicht zu, daß Donny ihn verletzt, betete sie zu einem Gott, der still und weit weg zu sein schien. Sie humpelte zur Tür, schob den Riegel zurück, zog die Tür mit einem Ruck auf. Wenn der alte Mann noch rechtzeitig zu einem Telefon kam, hatte sie eine Chance. Sie könnte es schaffen, sich im Wald zu verstecken, bis Hilfe kam. Es hatte keinen Sinn zu versuchen, wegzulaufen. Mit dem Gewicht, das sie mitschleppte, konnte sie sich kaum bewegen. Einer Eingebung folgend, zog sie die Tür hinter sich zu. Wenn Donny erst im Haus herumsuchte, würde sie einige Minuten gewinnen.

Wo sollte sie sich verstecken? Die helle Sonne stand hoch am Himmel, leuchtete gnadenlos jeden Zwischenraum zwischen den Ästen der struppigen Bäume aus. Er würde sicher davon ausgehen, daß sie versuchen würde, zur Straße zu kommen. Sie stolperte zu den Bäumen auf der anderen Seite der Lichtung und hinüber zu einer Gruppe von Ahornbäumen. Sie hatte sie gerade erreicht, als der Lieferwagen dröhnend die Straße heraufkam und stehenblieb. Sie sah, wie Donny mit der Pistole in der Hand mit gemessenen, präzisen Schritten zum Haus hinüberging.

»Vertrauen Sie mir, ich kenne mich hier aus«, sagte Clarence Gerber zu Jimmy Barrot, mit unsicherer und schwankender Stimme. »Ich war gerade erst vor fünf Minuten dort.«

»Auf der Karte...« Jimmy Barrot dachte offensichtlich, daß Clarence Gerber verwirrt war.

»Vergessen Sie die Karte«, gab Mike an. »Machen Sie, was er sagt.«

»Es ist eine Art Abkürzung«, erklärte ihnen Clarence. Sprechen fiel ihm schwer. Er fühlte sich irgendwie schwindlig. Er konnte kaum glauben, was geschehen war. In der einen Minute fuhr er noch so schnell, wie sein altes Auto es eben schaffte, in der nächsten Minute wurde er geschnitten, nach rechts gezwungen. Nur kurz konnte er Donny Rubels Lieferwagen erkennen, bevor er merkte, daß seine Räder von der Straße rutschten. In jedem anderen Auto wäre er tot gewesen. Aber er hielt sich um seines Lebens willen am Steuerrad fest, bis sich das Auto nicht mehr überschlug. Er roch das Benzin und wußte, daß er schnell raus mußte. Die Tür auf der Fahrerseite konnte er nicht öffnen, sie war in den Boden gedrückt, aber es gelang ihm, die andere Tür zu öffnen und dann den Graben hinaufzuklettern. »Hier entlang«, sagte er zu dem Fahrer. »Ich sag's Ihnen, ja? Jetzt hier die nächste rechts, vorbei an dem Einfahrt-verboten-Schild. Das Haus steht in einer Lichtung, ungefähr hundert Yards von hier.«

Mike sah, wie Jimmy Barrot und seine Polizisten ihre Pistolen zogen. Kay, bitte, sei da, mir zuliebe, sei da. Sei am Leben. Bitte. Der Streifenwagen schoß in die Lichtung und blieb hinter Donny Rubels Lieferwagen stehen.

Kay beobachtete, wie Donny die Tür öffnete und sie aufstieß. Sie konnte seine Wut fast spüren, als er merkte, daß sie nicht mehr da war. Die Hütte stand weniger als dreißig Yards entfernt von der Baumgruppe, in der sie sich verbarg. Laß ihn zuerst auf die Straße sehen, betete sie.

Einen Moment später stand er im Türrahmen, blickte wild um sich, die Pistole hielt er direkt vor sich. Sie preßte die Arme an ihre Seite. Wenn er wirklich in diese Richtung sehen sollte, würde das weiße durchsichtige Kleid durch die Blätter und Äste scheinen. Bei jeder Bewegung würde die Kette klirren.

Sie hörte das Geräusch eines Autos, das näher kam, im selben Moment, als sie Donny in das Haus zurückspringen sah. Aber er schloß die Tür nicht. Er blieb stehen, wartete. Das Auto fuhr hinter den Lieferwagen. Kay sah das rote Blinklicht. Ein Polizeiauto. Seid vorsichtig, dachte sie, seid vorsichtig. Es ist ihm egal, wen er umbringt. Sie sah, wie zwei Polizisten aus dem Auto steigen. Sie hatten den Wagen neben der Hütte abgestellt. Die Fensterläden waren verschlossen: Sie konnten auf keinen Fall Donny sehen, der jetzt auf die Veranda hinaus kam, die harte Karikatur eines Lächelns auf seinen Lippen. Die hintere Tür des Polizeiwagens wurde geöffnet. Zwei Männer kamen heraus. *Mike. Mike* war da. Die Polizisten hatten ihre Pistolen gezogen. Sie bewegten sich vorsichtig auf das Haus zu. Mike war dabei. Donny ging auf Zehenspitzen über die Veranda. Er würde schießen, wenn sie um die Ecke bogen. Ihm war es egal, ob er umkam. *Er würde Mike töten!*

Die Lichtung lag völlig still. Selbst die Schreie der Eichelhäher und das Summen der Fliegen waren verstummt. Kay hatte den überwältigenden Eindruck, daß dies das Ende der Welt sei. Mike war weiter nach vorne gegangen. Er stand nur wenige Schritte von der Ecke der Veranda entfernt, wo Donny wartete.

Kay trat hinter dem Baum hervor. »Ich bin hier, Donny«, rief sie.

Sie sah ihn auf sie zulaufen, versuchte, sich an den Baum zu drücken, spürte, wie die Kugel ihre Stirn streifte, hörte andere Schüsse, sah Donny sich am Boden krümmen. Dann rannte Mike zu ihr. Schluchzend vor Freude stolperte Kay auf die Lichtung und in die Arme, die er weit für sie ausbreitete.

Jimmy Barrot war kein sentimentaler Mann, aber seine Augen waren verdächtig feucht, als er jetzt Kay und Mike beobachtete, die sich im Sonnenlicht vor den Bäumen umarmten, als ob sie sich nie mehr loslassen würden.

Einer der Polizisten beugte sich über Donny Rubel. »Mit dem ist es vorbei«, sagte er zu Jimmy.

Der andere Polizist hatte Clarence Gerbers Kopf bandagiert. »Sie sind ganz schön zäh«, sagte er zu Clarence. »Soweit ich das beurteilen kann, sind das vor allem Fleischwunden. Wir bringen Sie ins Krankenhaus.«

Clarence nahm jedes Detail in sich auf, um Brenda und ihren Schwestern alles erzählen zu können. Wie Kay Crandell versucht hatte, Donny abzulenken, wie Donny auf sie zugelaufen war, auf sie geschossen hatte. Wie sich das junge Paar umarmt hatte, wie sie jetzt weinten. Er sah sich um, damit er später auch die Hütte beschreiben konnte.

Die Frauen würden alles ganz genau wissen wollen. Sein Blick fiel auf etwas, das auf der Veranda stand, und er lief hinüber. Obwohl er ja ein Held war, würde es Brenda doch sehr ähnlich sehen, wenn sie sich über ihn lustig machte, weil er vergessen hatte, den Toaster mit nach Hause zu bringen.

Glückstag

Es war ein kalter Mittwoch im November. Nora schritt rasch aus und war froh, daß die U-Bahn nur zwei Blocks entfernt war. Sie und Jack hatten Glück gehabt und ein Apartment im Claridge House bekommen, als es vor sechs Jahren gerade fertiggestellt worden war. Wie sich die Preise für neue Mieter entwickelt hatten, würden sie sich heute keins mehr in diesem Haus leisten können. Aufgrund seiner Lage Ecke Eighty-seventh und Third war es nahe an U-Bahn- und Busverbindungen. Und an Taxiständen. Aber Taxis ließen ihr Budget nicht zu.

Sie wünschte sich, sie hätte etwas Wärmeres zum Anziehen als die Jacke, die sie während der Abschlußparty des letzten Films, an dem sie mitgearbeitet hatte, bekommen hatte. Aber da der Titel des Films schreiend bunt auf der Brusttasche aufgestickt war, war sie ein sichtbarer Beweis für ihre solide Schauspielerfahrung.

Sie blieb an der Ecke stehen. Die Ampel war zwar grün, aber der Verkehr rauschte weiter, und ein Versuch, die Straße zu überqueren, wäre lebensgefährlich gewesen. Nächste Woche war Erntedankfest. Zwischen Erntedankfest und Weihnachten war Manhattan ein einziger langer Parkplatz. Sie versuchte, nicht daran zu denken, daß Jack nun kein Weihnachtsgeld von Merrill Lynch bekommen würde. Beim Frühstück hatte er ihr gestanden, daß er Personaleinsparungen bei Merrill Lynch zum Opfer gefallen war, aber heute eine neue Stelle antrat. *Wieder* eine neue Stelle.

Sie lief über die Straße, als die Ampel auf rot umschaltete, und entkam gerade noch dem Taxi, das über die Kreuzung raste. Der Fahrer rief ihr nach: »Ihr Aussehen wird leiden, wenn Sie überfahren werden, Süße.« Nora drehte sich herum. Er streckte ihr den Mittelfinger entgegen. Sie erwiderte die Geste in einem Reflex und schämte sich anschließend. Sie hastete die Straße entlang, ohne auf die Schaufenster zu achten, und mußte einmal um eine schlafende Pennerin herumgehen, die an einer Ladenfassade lag.

Sie wollte gerade die Treppe zur U-Bahn hinuntergehen, als sie hörte, wie ihr Name gerufen wurde. »He, Nora, grüßen Sie mich nicht mehr?« Hinter dem Zeitungskiosk hatte Bill Regan das lederartige Gesicht zu einem Lächeln verkniffen, das übertrieben weiße falsche Zähne entblößte, und streckte ihr eine zusammengelegte Ausgabe der *Times* entgegen. »Sie sind gedankenverloren«, warf er ihr vor.

»Wahrscheinlich.« Sie und Bill hatten durch ihre morgendlichen Begegnungen Freundschaft geschlossen. Bill war Verkaufsfahrer im Ruhestand und vertrieb sich die Zeit, indem er den blinden Zeitungsverkäufer während der Stoßzeit am Morgen unterstützte und anschließend als Bote arbeitete. »Hält mich auf Trab«, hatte er Nora erklärt. »Seit May gestorben ist, ist es einfach zu einsam daheim. So habe ich was zu tun. Ich treffe eine Menge nette Leute und habe Zeit für einen Plausch hier und da. May hat immer gesagt, daß ich eine große Klatschbase bin.«

Sie hatte vor vier Monaten, am Jahrestag von

Mays Tod, einen Fehler gemacht und Bill impulsiv auf einen Drink eingeladen. Jetzt hatte er die Angewohnheit entwickelt, alle ein oder zwei Wochen mit einem fadenscheinigen Vorwand vorbeizuschauen. Jack hatte es satt. Wenn er erst einmal in ihrer Wohnung war, saß Bill meistens zwei Stunden wie angewurzelt, bis sie ihn entweder loswurde oder zum Essen einlud.

»Ich glaube, Nora«, sagte Bill, »ich glaube, heute ist mein Glückstag. Heute nachmittag wird ein Haupttreffer gezogen.«

Der Jackpot der staatlichen Lotterie stand bei dreizehn Millionen Dollar. Es war seit sechs Wochen kein Hauptgewinn mehr gezogen worden. »Ich habe vergessen, ein Los zu kaufen«, sagte Nora zu ihm. »Aber ich glaube nicht, daß ich Glück hätte.« Sie kramte Kleingeld aus der Börse. »Ich muß mich beeilen. Ich habe ein Vorsprechen.«

»Hals- und Beinbruch.« Bill war offensichtlich stolz auf seinen Showbusiness-Jargon. »Ich sage es Ihnen immer wieder. Sie sind das Ebenbild von Rita Hayworth in *Gilda*. Sie werden noch ein Star.« Sie sahen einander einen Moment in die Augen. Nora bekam eine Gänsehaut. Der übliche kummervolle Ausdruck war aus Bills hellblauen Augen verschwunden. Strähnen weißblonden Haares wehten ihm in die Stirn. Sein Lächeln schien festgefroren zu sein.

»So oder so, vielleicht haben wir beide Glück«, sagte sie. »Bis später, Bill.«

Im Theater waren bereits neunzig Hoffnungsvolle vor ihr. Sie bekam eine Nummer und versuchte, einen Sitzplatz zu ergattern. Ein bekanntes Gesicht kam herüber. Letztes Jahr hatten sie und Sam Nebenrollen in einem Film von Bogdanovich gehabt.

»Wie viele Rollen besetzen sie?« fragte sie.

»Zwei. Eine für dich. Eine für mich.«

»Sehr witzig.«

Es war ein Uhr, bis sie endlich vorsprechen konnte. Es war unmöglich zu sagen, ob sie gut gewesen war. Produzent und Autor saßen mit gleichgültigen Gesichtern da.

Sie stellte sich für eine Anzeigenwerbung vor, dann sprach sie für einen Werbefilm von J. C. Penney. Wäre nicht schlecht, die Rolle zu bekommen; würde mindestens drei Tage Arbeit bedeuten.

Sie hatte ursprünglich noch einmal anderswo vorsprechen wollen, aber um sechzehn Uhr dreißig beschloß sie, es zu vergessen und nach Hause zu gehen. Das ständige Gefühl des Unbehagens, das sie den ganzen Tag über gehabt hatte, war zu einer schwarzen Wolke der Besorgnis geworden. Sie ging quer durch die Stadt zur U-Bahn, kam gerade zum Bahnsteig, als ihre Bahn wegfuhr, und setzte sich voll ergebener Resignation auf eine mit Graffiti verschmierte Bank.

Nun hatte sie Zeit für das, was sie den ganzen Tag vermieden hatte. Nachdenken. Über Jack. Über sich und Jack. Über die Tatsache, daß die Wohnung in eine Eigentumswohnung umgewandelt wurde und sie es sich nicht leisten konnten, sie zu kaufen. Über Jack, der wieder eine andere Stelle angenommen hatte. Selbst in Manhattan gab es nur eine begrenzte Zahl Anlageberater, und von dem, für den er jetzt arbeitete, hatte sie noch nie etwas gehört.

Ernsthaft. Jack verabscheute Finanzgeschäfte. Er hatte sich nur darauf eingelassen, damit sie ein Einkommen hatten, während sie versuchte, den Durchbruch als Schauspielerin zu schaffen, und er an Wochenenden schrieb. Als sie in New York angekommen waren, waren ihre Collegezeugnisse noch feucht und die Eheringe neu gewesen; sie selbst waren gewiß, daß sie in Manhattan kometenhaft aufsteigen würden. Und jetzt, sechs Jahre später, zeigte sich Jacks Frustration auf hunderterlei Weise.

Ein überfüllter Zug fuhr in die Haltestelle ein. Nora stieg ein, zwängte sich von der Tür weg und ergriff eine Haltestange. Während sie sich in der schwankenden Bahn um Gleichgewicht bemühte, wurde ihr klar, daß es angefangen haben mußte zu regnen. Die Leute, an die sie sich drängte, hatten feuchte Mäntel, der schwere, schimmlige Geruch nasser Schuhe erfüllte den Wagen.

Nach diesem Tag war das Apartment ein willkommener Hafen. Sie konnten den East River, Triborough Bridge und Gracie Mansion überblicken. Nora konnte sich nicht vorstellen, daß keiner von ihnen in Manhattan geboren worden war. Sie *waren* einfach New Yorker. Wenn sie doch nur eine dauerhafte Rolle in einer Seifenoper bekommen könnte, dann würde sie eine Zeitlang das Einkommen bestreiten und Jack die Möglichkeit geben zu schreiben. Ein paarmal war sie nahe dran gewesen. Irgendwann würde sie Glück haben.

Sie hätte ihn heute morgen nicht anschreien sollen. Es war ihm so peinlich gewesen, als er eingestehen mußte, daß er die Stelle bei Merril Lynch verloren hatte. War sie unbewußt so kritisch geworden, daß er nicht mehr mit ihr reden konnte, oder hatte er sein Selbstvertrauen schon so sehr verloren? Ich liebe dich, Jack, dachte sie. Sie ging in die Küche und holte einen Keil Cheddar und eine Dolde Trauben aus dem Kühlschrank. Wenn er nach Hause kam, würde daneben noch eine Karaffe Wein warten. Nachdem sie die Platte angerichtet, Weingläser geholt, Sofakissen aufgeschüttelt und die Lampen schwächer gestellt hatte, so daß sie nur noch sanft leuchteten und das Panorama von Manhattan betonten, hatte Noras Gefühl der Sorge etwas nachgelassen. Erst als sie ins Schlafzimmer ging, um sich einen Kaftan anzuziehen, stellte sie fest, daß das Licht des Anrufbeantworters blinkte.

Es war nur eine Nachricht auf dem Band. Sie war von Bill Regan. Seine Stimme, ein aufgeregtes, krächzendes Schnaufen, sagte: »Nora, gehen Sie nicht weg. Ich muß mit Ihnen feiern. Ich werde um sieben bei Ihnen sein. Nora, ich hab's Ihnen gesagt. Ich wußte es. *Es ist mein Glückstag.*«

Großer Gott. Das würde Jack noch fehlen, daß Bill Regan heute abend hier war. Glückstag. Mußte die Lotterie sein. Wahrscheinlich hatte er wieder ein paar hundert Piepen gewonnen. Dann würde er wirklich den ganzen Abend bleiben oder darauf bestehen, sie zum Essen in eine Cafeteria einzuladen.

Wenn Jack später kam, rief er immer an. Heute abend nicht. Um sechs Uhr knabberte Nora an einer Scheibe Käse, um halb sieben schenkte sie sich ein Glas Wein ein. Wenn Jack heute nur früher gekommen wäre. Dann hätten sie wenigstens ein wenig Zeit vor Bills Besuch gehabt.

Um halb acht war immer noch niemand da. Es sah

Bill nicht ähnlich, daß er zu spät kam. Wenn er es sich anders überlegt hätte, hätte er sicher angerufen. Verdruß mischte sich mit ihrer Besorgtheit. Ob er kam oder nicht, der Abend war verdorben. Und wo blieb Jack?

Um acht wußte Nora nicht, was sie machen sollte. Sie konnte sich nicht an den Namen von Jacks neuer Firma erinnern. Der Botendienst im Fisk Building auf der West Fifty-seventh Street, wo Bill arbeitete, hatte geschlossen. Ein Unfall? Wenn sie nur die Nachrichten angesehen hätte. Und Bill ging immer durch den Central Park, wenn er zu ihnen kam. Er sagte, dadurch würde er in Form bleiben. Er ging sogar bei Regen zu Fuß. Dreißig Blocks durch den Park. An so einem Abend waren keine Jogger unterwegs. War ihm etwas zugestoßen?

Jack kam gegen halb neun. Sein schmales, scharfgeschnittenes Gesicht war totenblaß, die Pupillen geweitet. Als sie zu ihm geeilt war, nahm er sie in die Arme und wiegte sie sanft. »Nora, Nora.«

»Jack, was ist passiert? Ich habe mir solche Sorgen gemacht. Du und Bill, beide so spät...«

Er wich zurück. »Erzähl mir nicht, daß du auf Bill Regan wartest.«

»Doch, er hat angerufen. Er wollte um sieben hier sein. Jack, was ist denn los mit dir? Das heute morgen tut mir leid. Ich wollte dich nicht verärgern. Es ist mir egal, ob du die Stelle gewechselt hast. Ich mache mir nur deinetwegen Sorgen... Vielleicht kann ich das Schauspielern eine Zeitlang aufgeben und mir einen Job suchen, der regelmäßig Geld bringt. Ich werde dir deine Chance geben. Jack, ich liebe dich.«

Sie hörte einen erstickten Laut, dann spürte sie, wie seine Schultern bebten. Jack weinte. Nora zog seinen Kopf herunter und schmiegte ihn an ihr Gesicht. »Tut mir leid. Ich wußte nicht, daß es so schlimm für dich ist.«

Er antwortete nicht, sondern drückte sie nur an sich. Nora und Jack. Sie hatten einander vor zehn Jahren kennengelernt, an ihrem ersten Tag am Brown College. Die stille Kraft, die sie in ihm spürte, hatte sie angezogen, sein schmales, intelligentes Gesicht, das rasche Lächeln, das seinen sonst ernsten Gesichtsausdruck aufhellte. Junge trifft Mädchen. Nach dieser Begegnung hatte sich keiner mehr um einen anderen Partner gekümmert.

Jetzt half sie ihm, den Burberry aus dem Schlußverkauf abzustreifen. »Jack, du bist tropfnaß!«

»Stimmt. Liebling, ich möchte mit dir reden, aber ich werde warten. Du sagst, daß Bill kommt.« Er wollte lachen, aber dann stiegen ihm wieder Tränen in die Augen.

Er befolgte ihre Anweisung, heiß zu duschen, wie ein gehorsames Kind. Es war etwas geschehen, aber sie sollten wirklich nicht darüber reden, bevor Bill Regan gekommen und wieder gegangen war.

Was war mit Bill Regan? Er wohnte in Queens. Er hatte ihnen Bilder von dem heruntergekommenen Bungalow gezeigt. Vielleicht stand seine Nummer im Telefonbuch. Es schien unmöglich, daß er einfach vergessen hatte zu kommen, aber er war immerhin siebenundfünfzig Jahre alt.

Im Telefonbuch von Queens standen ein Dutzend William Regans. Nora dachte verzweifelt nach, ob sie sich an die Adresse erinnern konnte. Sie legte auf und kramte die Liste der Weihnachtskartenempfänger vor. Sie hatte Bill letztes Jahr um seine Adresse gebeten, damit sie ihm eine Karte schicken konnte. Sie fand die Adresse, wählte wieder das Amt und bekam die Nummer. Aber Bills Telefon wurde nicht abgenommen.

Sie hörte ein scharfes, metallisches Geräusch aus dem Badezimmer. Was, um Himmels willen, trieb Jack? Der Gedanke rauschte durch ihren Verstand und verschwand wieder, während sie Bills Nummer noch einmal wählte. Er war einfach nicht zu Hause.

Jack kam in Pyjama und Morgenmantel heraus. Er schien jetzt ruhiger zu sein, obwohl seine Nervosität die Luft buchstäblich wie Elektrizität knistern ließ. Er schüttete ein Glas Wein hinunter und machte sich gierig über die Käseplatte her.

»Du mußt am Verhungern sein. Ich habe noch Spaghettisauce von gestern abend übrig.« Nora ging kleinlaut in die Küche.

Jack folgte ihr. »Ich bin nicht hilflos.« Er machte einen Salat, während sie das Wasser für die Teigwaren aufstellte. Einen Augenblick später hörte sie ihn heftig durchatmen. Sie drehte sich um. Jack hatte sich schlimm in den Finger geschnitten. Blut spritzte aus der Wunde. Seine Hände zitterten. Er versuchte, ihre Angst zu zerstreuen. »Wie ungeschickt. Das Messer ist einfach abgerutscht. Schon gut, Nora. Bring mir nur ein Pflaster oder so etwas.«

Sie konnte ihn nicht davon überzeugen, daß der Schnitt tief war und vielleicht genäht werden mußte. »Ich sage dir doch, daß es nicht schlimm ist.«

»Jack, was ist los? Bitte sag es mir. Wenn du deinen

verfluchten neuen Job verloren hast, vergiß es. Wir werden es schaffen.«

Er fing an zu lachen, ein humorloses Bellen, das tief aus der Brust kam, ein Lachen, das sie zu verspotten und auszuschließen schien. »Liebling, es tut mir leid«, brachte er schließlich heruas. »Mein Gott, was für ein verrückter Abend. Komm schon. Hol mir ein Pflaster, und dann essen wir. Wir reden später. Momentan sind wir beide zu aufgeregt.«

»Ich decke für drei Personen, falls Bill noch kommt.«

»Warum nicht für vier? Vielleicht hat er eine Blondine aufgerissen.«

»Jack!«

»Komm schon, essen wir etwas und bringen es hinter uns.«

Sie aßen schweigend, und der leere Teller rechts von Nora war eine stumme Erinnerung daran, daß Bill lange überfällig war. Im flackernden Licht der Kerzen nahm der Verband um Jacks Finger eine Rotfärbung an, die bald zu einem dunkelbraunen Flecken wurde.

Die Bologneser Sauce war Noras Spezialität, aber sie bekam sie kaum hinunter. Die Farbe ähnelte so sehr dem Blut an Jacks Finger. Ihre Sorge erzeugte eine Spannung, die die Schulterblätter verkrampfte. Schließlich stieß sie den Stuhl zurück. »Ich muß unbedingt die Polizei anrufen und nachfragen, ob jemand auf den Bills Beschreibung zutrifft, einen Unfall gehabt hat.«

»Nora, Bill macht Botengänge in ganz Manhattan. Mit welchem Revier möchtest du denn anfangen?«

»Mit dem, das für den Central Park zuständig ist.

Wenn er einen Unfall hatte oder bei der Arbeit krank wurde, hätte ihn jemand ins Krankenhaus gebracht. Aber du weißt ja, wie verrückt er darauf ist, zu Fuß durch den Park zu gehen.«

Sie rief das hiesige Revier an. »Der Park hat ein eigenes Revier – das zweiundzwanzigste. Ich gebe Ihnen die Nummer.«

Der diensthabende Sergeant, mit dem sie verbunden wurde, war herzerfrischend beruhigend. »Nein, Ma'am, keine Meldungen über Probleme im Park. Heute nacht versuchen selbst die Straßenräuber, nicht naß zu werden.« Er lachte über seinen eigenen Witz. »Ich werde aber gerne seinen Namen, die Personenbeschreibung und Ihren Namen aufschreiben. Aber machen Sie sich keine Sorgen. Wahrscheinlich hat er sich nur verspätet.«

»Würden Sie wissen, wenn er ins Krankenhaus gegangen wäre, weil er sich nicht wohl gefühlt hat?«

»Soll das ein Witz sein? Wir kümmern uns nur um die Notfallpatienten, die mit einer Schuß- oder Stichwunde eingeliefert werden, oder die, die wir selbst hinbringen. Man kann nicht jedesmal einen Polizisten schicken, wenn jemand Bauchweh bekommt, oder?«

»Meinen Sie, ich sollte selbst die Unfallaufnahmen anrufen?«

»Könnte nicht schaden.«

Nora erzählte Jack rasch, was der Polizist gesagt hatte, und stellte fest, daß Jack irgendwie ruhiger wirkte. »Ich suche die Nummern heraus, du wählst«, sagte er.

Sie fingen mit den größten Krankenhäusern von Manhattan an. Ein Mann, auf den Bills Beschreibung zutraf, war ohne Ausweispapiere ins Roosevelt eingeliefert worden. Er war gegen halb sieben auf der Fifty-seventh Street nahe Eighth Avenue von einem Auto angefahren worden. Ob Nora vorbeikommen und ihn identifizieren könnte, ob er Bill Regan war. Er lag im Koma, und sie brauchten die Erlaubnis eines Verwandten, um operieren zu können.

Sie war sicher, daß es Bill war. »Er hat irgendwo in Maryland eine Nichte«, sagte sie. »Wenn es Bill ist, kann ich zu ihm gehen und ihren Namen herausfinden.«

Sie wollte nicht, daß Jack mitkam, aber er bestand darauf. Sie zogen sich an; der blutige Verband um seinen Finger hinterließ Streifen auf der Unterwäsche, Pullover und Jeans. Als er seine Adidas anzog, deutete er aufs Bett. »Ich kann dir gar nicht sagen, wie ich mich darauf gefreut habe, heute nacht mit dir in der Falle zu sein.«

»Vergangenheitsform?« Die Antwort war automatisch. Sie sah im Geiste Bills Gesicht vor sich. Der gute alte Mann, bei dem Einsamkeit so sehr Teil seines Ausdrucks war, der schwatzen und schwatzen und schwatzen mußte, damit jemand bei ihm blieb, damit ihm jemand zuhörte. »*Und Nora, ich habe zu mir gesagt: Du kannst nicht in Queens bleiben. Ohne May ist das Haus unnütz. Das Dach müßte gemacht werden, der Garten macht zuviel Arbeit. Etwas Glück, dann werde ich mit anderen alten Menschen in Florida sein. Vielleicht finde ich sogar ein Altenheim wie in* Cocoon, *wo ich eine Menge neue Freunde finden kann.*«

Sie fuhren mit dem Taxi zum Roosevelt Hospital. Das Unfallopfer lag in einem von Vorhängen abgetrennten Teil der Intensivstation, hatte Schläuche in den Nasenlöchern, ein Bein in einer Schiene, eine Infusions-Nadel im Arm. Er atmete schwer und unregelmäßig. Nora griff nach Jacks Hand. Der Mann hatte die Augen geschlossen, ein Verband bedeckte das halbe Gesicht. Aber die dünnen grauen Haarsträhnen waren zu schütter. Bill hatte dichtes Haar. Das hätte sie ihnen sagen sollen. »Das ist nicht Mr. Regan«, sagte Jack zu dem Arzt.

Als sie sich abwandten, bat Nora Jack, er solle seinen Finger versorgen lassen.

»Verschwinden wir von hier«, antwortete er.

Sie eilten hinaus, weil sie beide den Gestank von Medizin und Desinfektionsmitteln hinter sich bringen wollten, als eine Bahre hereingerollt wurde. »Motorrad«, sagte ein Arzthelfer. »Der dumme Bengel ist vor einen Bus gefahren.« Er hörte sich wütend und frustriert an, als würde ihn die Last selbst zugefügten menschlichen Leids niederdrücken.

Als sie zu Hause waren, läutete das Telefon. Nora lief hin und nahm ab.

Es war der Polizeisergeant, der so fröhlich geklungen hatte, als sie vorhin mit ihm sprach. »Mrs. Barton, ich fürchte, Ihre Vorahnung war richtig. Wir haben im Central Park Nähe Seventy-fourth Street eine Leiche gefunden. Ausweis William Regan. Wir würden Sie gerne für eine eindeutige Identifizierung herbitten.«

»Sein Haar. Es ist dicht... weißblond, aber dicht, für einen alten Mann wirklich voll. Sehen Sie, der andere Mann war es nicht. Ein Irrtum. Vielleicht ist das auch ein Irrtum.«

Aber sie wußte, es war kein Irrtum. Sie hatte heute

morgen *gewußt*, daß Bill etwas zustoßen würde. Als sie sich von ihm verabschiedet hatte, hatte sie es *gewußt*. Sie spürte, wie Jack ihr das Telefon wegnahm. Sie hörte benommen zu, wie er sagte, ja, er würde gleich zur Leichenhalle kommen und den Mann identifizieren. »Es wäre mir lieber, wenn meine Frau nicht... Gut. Ich verstehe.« Er legte den Hörer auf und wandte sich ihr zu.

Sie sah wie durch eine geborstene Glasscheibe, wie sich ein grauer Schatten um seinen Mund bildete, wie ein winziger Muskel an der Wange zu zucken anfing. Er wollte die Hand darauf drücken, doch dann zuckte er vor Schmerzen zusammen. Rot quoll aus dem Verband. Dann hatte Jack die Arme um sie gelegt. »Liebling, ich bin sicher, daß es Bill ist. Sie möchten, daß wir beide kommen. Ich wünschte, ich könnte es dir ersparen, aber sie wollen mit dir reden. Bill hat einen Schädelbruch. Er hat kein Geld bei sich. Sie glauben, es war ein Räuber.«

Seine Arme waren Stahlbänder, die sie umschlossen. Sie versuchte ihn wegzustoßen. »Du tust mir weh...«

Er schien sie nicht zu hören. »Nora, bringen wir es hinter uns. Versuch daran zu denken, daß Bill ein langes Leben hatte. Morgen... oh, Liebes, morgen, du mußt einfach abwarten. Die ganze Welt, alles wird anders *scheinen*... anders *sein*.« Obwohl der Schock in Wellen durch sie lief und Gefühle von Fassungslosigkeit und Schmerz in ihr erzeugte, bemerkte Nora, wie anders Jacks Stimme klang, schrill, beinahe hysterisch.

»Jack, laß mich los.« Sie selbst schrie. Er ließ die Arme sinken und sah sie an.

»Nora, es tut mir leid. Habe ich dir weh getan? Ich habe gar nicht gemerkt... O Gott, bringen wir es hinter uns.«

Sie nahmen sich zum drittenmal innerhalb von zwei Stunden ein Taxi. Dieses Mal mußten sie lange, kalte Minuten warten. Zwölftausend Taxis in Manhattan, und jedes einzelne war besetzt.

Der Regen wurde zu Hagel. Harte, scharfkantige Körner wurden Nora ins Gesicht geweht. Nicht einmal ihr Regenmantel, den sie mit Filz von der Jacke, die sie am College getragen hatte, gefüttert hatte, konnte verhindern, daß sie zitterte. Jacks Regenmantel war so durchnäßt gewesen, daß er ihn nicht anziehen konnte, und sein normaler Mantel wurde ebenfalls naß, obwohl er vergeblich hin und her hüpfte. Schließlich hielt ein freies Taxi vor ihnen. Das Fenster ging einen Schlitz auf. »Wie weit fahren Sie?«

»Zum... Ich meine Thirty-first und First.«

»Gut. Steigen Sie ein.«

Der Taxifahrer war redselig. »Heute abend ist beschissen zu fahren. Ich werde früh zusammenpacken. In so einer Nacht sollte man daheim im Bett sein.«

Inzwischen sollte Bill auch zu Hause sein, in dem schäbigen kleinen Haus, das er und May 1931 gekauft hatten. Er hätte in seinem Bett sterben sollen, dachte Nora. Er hatte nicht verdient, im Regen und der Kälte zu liegen. Wie lange war er dort gewesen? War er sofort tot gewesen? Wenigstens das, betete sie.

Es war deutlich, daß der Mann, der auf sie zukam, als sie das Gebäude betreten hatten, auf sie wartete. Er schien Ende dreißig zu sein, mit sandfarbenem Haar und stechenden, schmalen Augen. Er stellte sich als Detective Peter Carlson vor und führte sie in ein kleines Büro. »Ich bin ziemlich sicher, daß Sie die Identifizierung bestätigen werden, wenn Sie den Leichnam sehen«, sagte er. »Wenn Sie sich dazu imstande fühlen, würde ich die Identifizierung gleich vornehmen. Aber wenn Sie glauben, daß es Sie zu sehr mitnimmt, sollten wir uns vorher vielleicht unterhalten.«

»Ich will ganz sicher sein.« Sie wußte, daß er sie betrachtete. Was sah er? Sie mußten ein mitgenommenes Paar abgeben. Fragte er sich, warum sie so beharrlich angerufen und ein mutmaßliches Opfer gemeldet hatte, bevor dieses überhaupt gefunden worden war? Aber Meldungen über vermißte Personen lesen sich doch immer so, oder nicht? »*Könnte Opfer eines Verbrechens geworden sein.*«

Jacks Fuß tapste auf dem Boden, ein konstantes, nervtötendes Stakkato – Jack, der immer so ruhig schien, den man förmlich bedrängen mußte, damit er Schmerzen oder Sorgen preisgab. Der Tag hatte damit angefangen, daß sie ihn gescholten hatte. Hatte sie irgendwie einen schützenden Panzer zerbrochen, den er brauchte?

Wie nach dem Hinweis eines verborgenen Souffleurs, standen die drei plötzlich auf. »Wird nicht lange dauern.«

Sie hatte damit gerechnet, daß er sie in ein Zimmer mit Reihen von Bahren bringen würde. So war es im Film immer. Aber Detective Carlson führte sie einen Flur hinab zu einem Fenster mit Vorhang. Nora fühlte sich bizarrerweise an das Fenster in Säuglingsstationen erinnert, an den ersten Blick auf das Neugeborene ihres Bruders. Als der Vorhang zurückgezogen wurde, war es aber kein herzhaft krähendes Baby, das sie sah, sondern das reglose, blasse Gesicht von Bill Regan. Eine Decke reichte ihm bis zum Hals, der Mund war mit Band zugeklebt worden, auf der Stirn befand sich ein häßlicher Bluterguß und machte das Haar matt, das im Tod dünn und brüchig wirkte.

»Kein Zweifel«, sagte Jack. Er hatte eine Hand auf ihren Schultern und versuchte, sie von dem Fenster abzuwenden. Einen Augenblick schien sie erstarrt zu sein und betrachtete Bills Mund. Es war, als wäre das Band entfernt und von dem zu strahlenden Lächeln ersetzt worden, und sie hörte im Geiste wieder die rauhe, hoffnungsvolle Stimme: »Ich glaube, Nora, ich glaube, heute ist mein Glückstag.«

Oben im Büro erzählte sie Detective Carlson von dieser Unterhaltung, und von der Tatsache, daß Bill bei der Lotterie wirklich Glück hatte. Er hatte schon mehrmals ein paar hundert Dollar gewonnen und war davon überzeugt, daß er einmal den Haupttreffer ziehen würde. »Als er ›Glückstag‹ sagte, meinte er die Lotterie. Ich bin ganz sicher. Ich könnte mir sogar vorstellen, daß er einer der großen Gewinner war.«

»Es gab nur einen Hauptgewinn«, sagte Detective Carlson zu ihr. »Soweit ich weiß, hat sich noch niemand gemeldet.« Sie bemerkte, daß er auf dem Block kritzelte, während er sich Notizen machte. »Sind Sie sicher daß Bill Regan ein Los hatte?«

»Das hat er mir gesagt.«

»Nun, als wir ihn gefunden haben, hatte er keines bei sich. Aber diejenigen, die ihn beraubt haben, haben vielleicht das Los zusammen mit dem Geld mitgenommen und wissen gar nicht, was sie haben. Aber selbst angenommen, es war ein großer Gewinn. Ist es wahrscheinlich, daß er darüber geredet haben würde? Ein Lotterielos bei sich zu haben ist, als hätte man Bargeld bei sich.«

Nora merkte nicht, daß sie beinahe lächelte. Sie strich sich das Haar zurück und spürte die Locken, die der Regen erzeugt hatte. »Sie sind das Ebenbild von Rita Hayworth in *Gilda*«, hatte Bill gesagt. Jetzt wünschte sie sich, sie hätte ihm gesagt, daß sie *Gilda* ausgeliehen und voller Freude festgestellt hatte, daß tatsächlich eine Ähnlichkeit bestand. Es hätte Bill gefreut, das zu hören. Aber es war so schwer, bei ihm überhaupt zu Wort zu kommen. Danach hatte Detective Carlson gefragt: »Bill war geschwätzig«, sagte sie, »er hätte geredet.«

»Aber Sie haben mir gesagt, er wäre am Telefon nicht deutlich geworden. Er sagte nur, es wäre sein Glückstag. Das hätte eine Gehaltserhöhung sein können – ein großes Trinkgeld, als er etwas abgeliefert hatte – Geld, das er auf der Straße gefunden hat. Alles Mögliche, richtig?«

»Ich bin aber der Meinung, daß es etwas mit der Lotterie zu tun hatte«, beharrte Nora.

»Wir werden uns darum kümmern, aber es haben in den vergangenen Wochen eine ganze Reihe Überfälle in der Gegend stattgefunden. Wir werden den Täter erwischen, das kann ich Ihnen versprechen... und wenn er Mr. Regan getötet hat, wird er dafür büßen.«

Mr. Regan getötet. Sie hatte Bill nie als ›Mr. Regan‹ betrachtet.

Sie sah Jack an. Dieser starrte auf den Boden, und das stakkatohafte Tapsen seines Fußes hatte wieder angefangen. Dann geschah etwas. Das Zimmer bedrängte sie. Sie fiel und konnte nicht mehr atmen. Sie wollte ›Jack‹ rufen, konnte aber die Lippen nicht bewegen. Sie spürte, wie sie vom Stuhl glitt.

Als sie die Augen wieder aufmachte, lag sie auf einer harten, plastikbezogenen Couch. Jack hielt ihr ein kaltes Tuch an den Kopf. Aus scheinbar unendlicher Entfernung hörte sie, wie Detective Carlson Jack fragte, ob er einen Krankenwagen rufen sollte.

»Mir geht es gut.« Jetzt konnte sie wieder sprechen. Ihre Stimme war so leise, daß sich Jack bücken mußte, um die Worte zu verstehen. Ihre Lippen strichen über seine Wange. »Ich will nach Hause«, flüsterte sie.

Dieses Mal mußten sie nicht auf ein Taxi warten. Carlson, der jetzt nicht mehr ganz so förmlich war, ließ einen Streifenwagen kommen. Nora wollte sich entschuldigen. »Ich glaube, ich bin in meinem ganzen Leben noch nicht ohnmächtig geworden... Es ist nur so, ich hatte den ganzen Tag über ein schreckliches Gefühl, und jetzt hat es sich bewahrheitet...«

»Sie waren eine große Hilfe. Ich wünschte mir, alle würden sich so um diese armen alten Leutchen kümmern.«

Sie gingen zur Eingangstür, ein seltsam unpassendes Trio. Beide Männer stützten sie, eine feste Hand unter jeder Achsel. Der Regen draußen ließ nach, aber die Temperatur war deutlich gefallen. Die kalte Luft tat ihr gut. Bildete sie sich nur ein, daß sie in diesem Gebäude Formaldehyd gerochen hatte?

»Was geschieht als nächstes?« wandte sich Jack an Carlson, während der Streifenwagen vorfuhr.

»Das hängt ganz von der Autopsie ab. Wir werden die Streifen im Park verstärken. Verrückt, daß jemand diese Strecke in so einer Nacht zu Fuß geht. Wir hatten nur Streifenwagen draußen, keine Zivilstreifen. Wir melden uns bei Ihnen.«

Jetzt war es Jack, der darauf bestand, daß sie die heiße Dusche nahm, und Jack wartete auch mit einer heißen Limonade und einer Schlaftablette, als sie aus dem Badezimmer kam.

»Eine Schlaftablette.« Nora sah die rot-gelbe Kapsel an. »Wann hast du Schlaftabletten bekommen?«

»Oh, nach der Untersuchung letzten Monat. Ich habe erwähnt, daß ich Schlafstörungen habe.«

»Was ist deiner Meinung nach dafür verantwortlich?«

»Anfälle von Depressionen. Nichts Gravierendes. Aber ich wollte nicht, daß du dir Sorgen machst. Komm schon, geh ins Bett.«

Anfälle von Depressionen. Und er hatte ihr nichts gesagt. Nora dachte an die vielen Nächte, in denen sie ihm vorgeplappert hatte, was für gute Rollen sie bekommen hatte — »Nur ein paar Tage Arbeit, aber stell dir vor, Mike Nichols führt Regie« —, und von den Kritiken ihrer ersten anständigen Rolle abseits des Broadway vergangenen Frühling. Jack hatte an ihrer Freude teilgenommen, hatte sie gefragt, ob sie auch bei ihm bleiben würde, wenn sie ein Star geworden war, und war immer wieder zu seinen wechselnden Jobs als Anlageberater zurückgekehrt.

Der Roman, den er schließlich fertiggestellt hatte, wäre beinahe von einigen Verlagen angenommen worden. »Nicht ganz das Richtige für uns, aber schikken Sie uns auch Ihr nächstes Manuskript.« Die Niedergeschlagenheit in seinen Augen, als er sagte: »Den ganzen Tag versuche ich zu verkaufen, obwohl ich kein Händler bin, versuche, aufgeregt zu sein, wenn Aktien steigen oder wenn einer verdammten Anlage die höchsten Gewinnerwartungen zugeschrieben werden, obwohl es mir einerlei ist. Ich weiß nicht, Nora; es ist einfach, als ob die Luft raus ist. Ich setze mich an die Schreibmaschine, und was ich versuche, auf Papier zu bringen, kommt nicht so heraus, wie ich es mir vorstelle. Aber ich weiß, daß es da ist. Ich kann einfach meine eigene Stimme nicht finden, wenn ich weiß, daß ich am Montag in diesen Zoo zurück muß.«

Sie hatte ihm nie zugehört. Sie hatte ihm gesagt, wie stolz sie war, daß sein erster Roman nicht einfach nur vorgedruckte Ablehnungsbescheide bekam; und wenn er eines Tages berühmt war, würde er die Geschichte dieser ersten Ablehnungen erzählen, das gehörte alles mit zum Spiel.

Das Schlafzimmer diente gleichzeitig als Jacks Arbeitszimmer. Seine Schreibmaschine stand auf einem schweren Eichenschreibtisch, den sie bei einer Wohnungsauflösung gekauft hatten. Fläschchen voll Tipp-Ex, eine Tasse ohne Henkel, die als Behältnis für Kugelschreiber und Markierstifte diente, der Papierstapel seines neuen Manuskripts, ein Stapel, der, wie ihr auffiel, nicht mehr wuchs.

»Komm schon, trink die Limonade, dann nehmen wir beide eine Schlaftablette.«

Sie gehorchte, wagte aber nicht zu sprechen und fragte sich, ob ihre Liebe zu ihm ihr Tränen in die Augen trieb. Kein Wunder, daß Bill Gesellschaft so nötig gehabt hatte. Wenn Jack etwas zustieße, wollte sie gar nicht mehr aufwachen.

Jack legte sich auf die andere Seite des Bettes, nahm ihr die Tasse aus der Hand und machte das Licht aus. Er umarmte sie. »Wie geht das Lied mit den ›zwei schlafenden Menschen‹? Wenn mir jemand gesagt hätte, daß dieser Tag so enden würde...«

Nora schlief fest und erwachte am nächsten Morgen mit dem Gefühl, als hätte sie Träume gehabt, an die sie sich nicht mehr erinnern konnte. Es fiel ihr schwer, die Augen aufzumachen, ihre Lider schienen festgeklebt zu sein. Als sie sich schließlich auf einen Arm aufrichtete, stellte sie fest, daß Jack schon weg war. Beide Zeiger der Uhr standen auf neun. *Viertel vor neun.* Sonst schlief sie nie so lange. Sie versuchte, die Lethargie abzuschütteln, zog den Morgenmantel an und ging in die Küche. Kaffee war gekocht, Jack hatte frischen Orangensaft ausgepreßt — auch eine der zahllosen kleinen Gesten, die sie als selbstverständlich betrachtete. Er wußte, wie sehr ihr frisch gepreßter Saft schmeckte, obwohl er völlig mit Saft aus dem Beutel zufrieden war.

Er war bereits für die Arbeit angezogen. Er schien die Nervosität des gestrigen Abends nicht verloren zu haben. Dunkle Ringe unter den Augen sprachen dafür, daß die Schlaftablette bei ihm wenig nützte. Als er sie küßte, waren seine Lippen trocken und fiebrig. »Jetzt weiß ich, wie ich in der Frühe Ruhe und Frieden im Haus haben kann. Ich verpasse dir einfach eine K.-o.-Dosis.«

»Wann bist du aufgestanden?«

»Um fünf. Oder vier. Ich weiß nicht genau.«

»Jack, geh nicht zur Arbeit. Bleib hier, laß uns miteinander reden. Wirklich reden.« Sie versuchte, ein Gähnen zu unterdrücken. »O Gott, ich werde überhaupt nicht wach. Wie kann man diese verdammten Dinger nur jede Nacht nehmen?«

»Hör zu, ich sollte gehen. Ich bin es ihnen schuldig, mich um ein paar Dinge zu kümmern... Wie auch immer, geh wieder ins Bett und schlaf dich aus. Ich komme früher nach Hause, nicht später als vier, und heute abend wird... heute abend wird etwas ganz Besonderes sein.«

Ein weiteres Gähnen und das Gefühl, daß ihre Augen gleich zufallen würden, verdeutlichten Nora, daß es keinen Zweck hatte, Jack zu bedrängen. »Aber ruf an, wenn es wieder später wird. Gestern abend habe ich mir große Sorgen gemacht.«

»Ich komme nicht später. Ich schwöre es.«

Nora schaltete die Kaffeemaschine aus, trank auf dem Rückweg zum Bett das Glas Orangensaft und schlief nach kaum drei Minuten wieder. Dieses Mal war der Schlaf traumlos, und als das Telefon sie zwei Stunden später wieder weckte, hatte sie einen klaren Kopf.

Es war Detective Carlson. »Mrs. Barton, ich dachte, das würde Sie interessieren. Ich habe mich bei dem Botendienst erkundigt, wo Bill Regan gearbeitet hat. Er hat sich dort gestern gegen sechs Uhr zurückgemeldet, kurz vor Büroschluß. Einige der anderen Männer waren gerade fertig. Er war aufgeregt; er war glücklich; er sagte, daß sein Glückstag sei, aber als sie ihn fragten, was das bedeuten sollte, schwieg er. Sah nur geheimnisvoll drein. Die Autopsie ist für heute nachmittag angesetzt. Aber unsere Theorie ist, aufgrund der Kopfverletzung und der leeren Brieftasche, daß er höchstwahrscheinlich von dem Räuber überfallen wurde, den wir suchen.«

Du irrst dich, dachte Nora. Sie bemühte sich, nicht zu kritisch zu klingen, als sie sagte: »Was ich nicht verstehe, wenn er überfallen wurde, warum haben sie dann seine Brieftasche nicht mitgenommen? Ich glaube nicht, daß Bill je viel mehr als ein paar Dollar bei sich hatte. Hatte er viel Kleingeld oder Münzen in den Taschen?«

»Ein paar Dollar in Kleingeld, etwa sechs Münzen. Mrs. Barton, ich weiß, daß Sie unzufrieden sind, weil Sie Mr. Regan gemocht haben. Wenn ein Räuber Zeit hat, läßt er dem Opfer die Brieftasche. So wird sie nicht bei ihm gefunden, wenn er geschnappt wird. Der alte Herr hatte tiefe Taschen. Wenn ein Räuber in der Brieftasche nachgesehen und gefunden hat, was er suchte, hat er sich vielleicht nicht die Mühe gemacht, nach Kleingeld zu suchen. Wir können nicht sicher sein, ob Mr. Regan Geld bei sich hatte oder nicht, oder?«

»Nein, natürlich nicht. Und haben Sie nach dem Lotterielos gesucht?«

Jetzt wurde Carlsons Stimme förmlicher, und der mißbilligende Unterton war nicht zu überhören. »Es gibt kein Lotterielos, Mrs. Barton.«

Als Nora aufgelegt hatte, dachte sie ständig an einen Ausdruck der Unterhaltung. *Unzufrieden.* Ja, das war sie.

Sie machte den Kaffee warm und zog sich rasch an. Sie mußte noch etwas erledigen. Sie würde keinen Frieden finden, wenn sie es nicht tat.

Du bist verrückt, sagte sie zu sich, während sie die Straße entlang eilte. Das Wetter hatte sich dramatisch verändert. Heute war es sonnig, ein milder Wind wehte; der Tag hätte besser in den April als in den November gepaßt. Gut so. Sie war froh, daß sie ihre Film-Jacke tragen konnte. Ihr Regenmantel und Jacks Mantel waren noch feucht vom Ausflug in die Leichenhalle gestern nacht. Der Trenchcoat, den Jack gestern zur Arbeit angehabt hatte, war noch tropfnaß. Er hatte heute morgen den alten Macintosh anziehen müssen. Ein Penner sortierte halb aufgegessene Sandwiches, die er aus dem Mülleimer geholt hatte. Wo war die Pennerin von gestern? Fragte sich Nora. Hatte sie gestern nacht einen Unterschlupf gefunden?

Am Zeitungskiosk wandte sie sich ab. Der Blinde, dem der Kiosk gehörte, mußte überrascht gewesen sein, daß Bill heute morgen nicht erschienen war. Aber sie konnte ihm Bills Schicksal jetzt nicht erzählen.

Sie fuhr mit dem Lexington Avenue Express zur Fifty-ninth Street, stieg in den RR-Zug um und ging weiter zum Fisk Building. Der Dynamo Express Botendienst befand sich in einem Einzimmer-Büro im fünften Stock. Das einzige Möbelstück war ein Schreibtisch mit Telefonanlage, dazu ein paar armeegraue Aktenschränke mit jeweils drei Schubladen und zwei lange Bänke, auf denen mehrere schäbig gekleidete Männer warteten. Als sie die Tür zumachte, bellte der Mann am Schreibtisch: »Louey, Sie gehen jetzt zur

Fourtieth Street. Eine Sendung muß zum Broadway und Ninetieth. Und jetzt lesen Sie mir das vor, damit ich weiß, ob Sie es richtig verstanden haben. Sie dürfen keine Zeit mit falschen Adressen vergeuden.«

Ein dürrer Mann, der in der Mitte der Bank saß, sprang auf – er war nervös und ängstlich bemüht, alles richtig zu machen. Nora sah zu, wie er die Anweisungen peinlich genau in gebrochenem Englisch vorlas.

»Gut. Los jetzt.«

Der Mann am Schreibtisch sah Nora zum erstenmal an. Er hatte ein schlechtsitzendes Toupet auf dem Kopf. Zottelige Koteletten bedeckten feiste Wangen, die überhaupt nicht zu der scharfgeschnittenen kleinen Nase passen wollten. Augen, die die Farbe fettiger Pennies hatten, glitten an ihrem Körper hinauf und hinunter und zogen sie im Geiste aus. »Was kann ich für Sie tun, schöne Frau?« Jetzt war die Stimme einschmeichelnd, ganz anders als der sarkastische, bellende Tonfall gerade eben.

Während sie auf ihn zuging, leuchteten Lichter an der Telefonanlage auf, und ein Summton ertönte. Er drückte mehrere Knöpfe. »Dynamo Express Botendienst, bleiben Sie dran.« Er lächelte Nora an. »Sollen sie warten.«

Er wußte schon Bescheid über Bill. »Heute morgen war ein Bulle hier und hat Fragen gestellt. Alte Klatschbase. Herrgott, der konnte einfach nie den Mund halten. Ich mußte ihn anschreien, daß er nicht überall Zeit verplempern sollte, wo er hinkam. Ich bekam Beschwerden.«

Nora merkte, daß sie zusammengezuckt sein mußte. »Wenn ich sage ›anschreien‹, dann meine ich natürlich nur, daß ich sagte: ›Kommen Sie, Regan, nicht die ganze Welt interessiert sich für die Geschichte Ihres Lebens.‹ Sagen Sie, ich glaube, er hat mir von Ihnen erzählt. Sie sind die Schauspielerin, nicht? Er sagte, Sie sehen aus wie Rita Hayworth. Da hatte er tatsächlich einmal recht... Warten Sie, ich muß ein paar Anrufe annehmen.«

Sie stand vor dem Schreibtisch, während er Anrufe entgegennahm, Notizen kritzelte, Boten einteilte, die ins Büro zurückkehrten. Dazwischen gelang es ihr, ihm ein paar Fragen zu stellen. »Klar, Bill war gestern abend aufgeregt. Erzählte dauernd von seinem Glückstag. Aber warum, sagte er nicht. Ich habe ihn gefragt, ob er 'ne Nutte aufgegabelt hatte. Kleiner Scherz.«

»Glauben Sie, daß er es jemand anderem erzählt hat?«

»Kann ich nicht sagen.«

»Haben Sie eine Liste der Firmen, die er gestern besucht hat? Ich würde gerne mit den Leuten reden, mit denen er geredet hat. Besucht er für gewöhnlich Büros, wo er möglicherweise die Vorzimmerdamen kennenlernt oder so etwas?«

»Könnte sein.« Jetzt wurde er verdrossen. Aber er holte die Liste hervor. Gestern war ein hektischer Tag. Bill war fünfzehnmal unterwegs gewesen. Nora fing beim ersten Stop an: 101 Park Avenue, Sandrell und Woodworth, Umschlag bei der Vorzimmerdame im achtzehnten Stock abholen und zu 205 Central Park South bringen.

Die freundliche, matronenhafte Vorzimmerdame im

achtzehnten Stock erinnerte sich an Bill. »Aber sicher, ein netter älterer Herr. War oft bei uns. Er hat mir das Bild seiner verstorbenen Frau gezeigt. Stimmt etwas nicht?«

Nora hatte die Frage erwartet und sich eine Antwort zurechtgelegt. »Er hatte gestern abend einen Unfall. Ich möchte seiner Nichte schreiben. Er hatte eine Nachricht auf meinen Anrufbeantworter gesprochen und gesagt, es wäre sein Glückstag. Ich würde gerne mit ihr darüber reden, was er gemeint hat. Hat er mit Ihnen darüber geredet?«

Der Vorzimmerdame war wohl klar, daß es ein tödlicher Unfall gewesen war, und kurze Trauer um einen Mann, den sie gekannt hatte, überlief ihr Gesicht. »Oh, das tut mir leid. Nein, nun, eigentlich ja, ich war so beschäftigt, daß ich ihm nur den Umschlag gab und sagte: ›Schönen Tag noch, Bill.‹ Und er sagte ungefähr: ›Ich glaube, heute ist mein Glückstag.‹«

Die Frau hatte unbewußt Bills Stimme nachgeahmt. Nora fröstelte beim Zuhören. »Genau das hat er mir auch gesagt.«

Ihre nächste Anlaufstelle war ein Apartment am Central Park South. Die Concierge erinnerte sich an Bill. »O ja, gewiß, er ließ einen Brief für Mr. Parker hier. Ich glaube, vom Buchhalter. Ich habe angerufen, ob er ihn zur Tür hochbringen sollte, aber Mr. Parker sagte, er solle ihn bei mir lassen, er wäre auf dem Weg nach unten. Nee, er hat nichts gesagt. Ich schätze, ich habe ihm keine Möglichkeit dazu gegeben. Der Posteingang ist um diese Zeit immer hektisch.«

Es schien, als wäre gestern jeder zu beschäftigt für Bill gewesen. Eine gertenschlanke Sekretärin in einem

Büro am Broadway sagte Nora, daß sie die Boten nie ermutige, sich aufzuhalten. »Sie sind genau wie die Telegrammjungen. Wenn man ihnen den Rücken zudreht, stehlen sie einem das Portemonnaie.« Sie forderte Nora mit einem Sie-wissen-schon-wie-das-ist-Achselzucken auf, ihren Verdruß mit den kleinen Dieben, mit denen sie zu tun hatte, zu teilen.

Nach diesem Besuch wurde ihr klar, daß sie die Liste nie schaffen würde, wenn sie ihre Zeit nicht besser einteilte. Bill war kreuz und quer von Ost nach West gegangen, er hatte ein paar Besuche in der Stadtmitte gemacht, drei in den Fifties, zwei in den Thirties, vier in der unteren Fifth Avenue und zwei in der Gegend der Wall Street. Anstatt seinem genauen Weg zu folgen, teilte sie die Anlaufpunkte nach Gegenden ein. Die beiden ersten waren vergeblich. Es erinnerte sich nicht einmal mehr jemand daran, wer die Sendungen in Empfang genommen hatte. Die dritte, eine Schriftstellerin, die ihrem Agenten ein Manuskript hatte zustellen lassen, sprach am Telefon in der Halle ihres Hotels mit Nora. Ja, sie hatte gestern eine Sendung abholen lassen. Sie hatte sich ganz bestimmt nicht auf eine Unterhaltung mit einem Boten eingelassen. Gab es ein Problem? Erzählen Sie mir nicht, das Manuskript wurde nicht zugestellt.

Um drei Uhr stellte Nora fest, daß sie überhaupt nichts gegessen hatte, daß es eine vergebliche Suche war, daß Jack früh nach Hause kam und sie für ihn da sein wollte. Dann sprach sie mit dem jungen Verkäufer in einer Klavierhandlung.

Er sah hoffnungsvoll auf, als sie eintrat. Das Geschäft war leer, abgesehen von den Klavieren und Orgeln, die so aufgestellt waren, daß man ihre Vorzüge besser sehen konnte. Unmittelbar hinter einer kleinen Heimorgel hing ein Plakat mit der Aufschrift MACHEN SIE MUSIK ZUM TEIL IHRES LEBENS; an dieser Orgel saß eine Puppe, so groß wie ein vierjähriges Kind, das die baumwollenen Stummelfinger auf der Tastatur hatte.

Die vorübergehende Enttäuschung des Verkäufers, daß Nora keine potentielle Kundin war, verschwand angesichts der Aussicht, eine gewisse Zeit mit einem anderen Menschen zu verbringen. Er sagte Nora, er glaube nicht, daß er in der Musikbranche bleiben würde. Schleppendes Geschäft. Sogar der Geschäftsführer gab zu, daß die beste Zeit vor sechs oder sieben Jahren gewesen war. Damals hatte jeder ein Klavier haben wollen. Heute konnte man das vergessen.

Gestern? Ein Bote? Merkwürdig aussehende Zähne. Sicher, netter alter Bursche. Ob er geredet hatte? Wie ein Buch! War ganz aufgeregt. Sagte, es sei sein Glückstag.

»Hat er gesagt, er *glaube*, daß es sein Glückstag ist?« fragte Nora hastig.

»Nein, das nicht. Ich erinnere mich genau, er sagte, es *sei* sein Glückstag. Aber mehr hat er mir nicht gesagt, und er hat mir nur heftig zugeblinzelt, als ich ihn fragte, was er damit meinte.«

Nach diesem Botengang war Bill nur noch an einem anderen Ort gewesen. Er war um zehn nach vier in die Klavierhandlung gekommen. Kurz nachdem er die Nachricht auf Band gesprochen hatte. Und sein Anlaufpunkt vor dem Klavierladen war der, wo der Buchhalter zu ihr gesagt hatte: »Ja, der alte Bursche hat gesagt, daß er sich heute glücklich fühlen würde, oder so etwas. Ich war am Telefon und habe einfach nur abgewinkt. Ich habe mit dem Boß gesprochen und konnte ihm nicht zuhören.«

»Glücklich gefühlt. Sicher, daß er nicht sagte, er habe Glück *gehabt?*«

»Ich bin sicher, daß er *glücklich gefühlt* gesagt hat, weil ich mich erinnern kann, ich habe gedacht, daß ich mich *lausig fühle.*«

Um Viertel vor drei hatte er noch ein Gefühl gehabt, zehn nach vier hatte er Glück *gehabt.* Ich habe recht, dachte Nora. Ich wußte es. Die Ziehung der Lotterie hatte zwischen halb vier und vier stattgefunden. Hatte Bill eines der gezogenen Lose gehabt? Sie trank in einem Drugstore in der Madison Avenue rasch einen Kaffee. Das Radio war eingeschaltet. Gestern hatte es zwölfhundertmal tausend Dollar gegeben, dreimal fünftausend Dollar und einen Hauptgewinn von dreizehn Millionen Dollar. Der Sprecher empfahl jedem, der in Manhattan ein Los gekauft hatte, die Nummer zu überprüfen.

Angenommen, Bill hatte fünftausend Dollar gewonnen. Für ihn wäre das ein Vermögen gewesen. Er hatte mehrmals ein paar Hundert gewonnen. Es war verrückt, daß manche Menschen immer wieder zu gewinnen schienen. Nora ging die Liste noch einmal durch. Sie konnte alle Gänge streichen, die Bill vor halb vier unternommen hatte. Blieb nur noch einer übrig. Sie stellte voll Mißfallen fest, daß es das World Trade Center war. Aber sie war so weit gegangen. Sie würde auch dort nachfragen und dann nach Hause gehen.

Als sie zum achtenmal an diesem Tag in die U-Bahn stieg, fragte sich Nora, wie Bill mit diesem Job zurechtgekommen war. Hatte er sich je selbst eingestanden, daß ihm niemand zuhörte, oder hatten ihm die Leute wie der junge Verkäufer, der gern Gesellschaft hatte, den Tag versüßt?

Die U-Bahn war überfüllt. Es war Viertel vor drei. Früher war es mittags nicht so schlimm gewesen, nur während der Stoßzeit mußte man sich an einer Schlaufe oder einer Stange festhalten. Als die Bahn schwankte, lehnte sich der untersetzte Mann neben ihr absichtlich an sie. Sie entfernte sich rasch von ihm.

Das Erdgeschoß des World Trade Center war voll von zielstrebigen Menschen, die über den Promenadenplatz eilten, in den U-Bahnen verschwanden, zu anderen Gebäuden gingen oder Restaurants und Geschäfte aufsuchten. Die meisten waren gut gekleidet. Nora vergeudete fünf Minuten, weil sie irrtümlich ins Gebäude Zwei statt ins Gebäude Vier ging.

Ihr Ziel war der zweiundvierzigste Stock. Während sie im Lift nach oben fuhr, fragte sie sich, warum ihr der Name der Firma vertraut vorkam. Wahrscheinlich, weil sie ihn den ganzen Tag gelesen hatte.

Lyons und Becker waren Anlageberater. Die Firma war nicht allzu groß, das konnte sie sehen. Das war gut. Um so größer war die Chance, daß sich jemand an Bill erinnerte.

Das Vorzimmer war klein, aber gut besucht. Nora konnte in einige Zimmer dahinter sehen, wo junge Männer und Frauen damit beschäftigt waren, Aktien und Anlagen zu kaufen und zu verkaufen.

Die Vorzimmerdame konnte sich nicht an Bill erinnern. »Aber warten Sie mal, ich hatte um diese Zeit Pause. Ich hole das Mädchen, das mich vertreten hat.«

Die Vertretung war eine Blondine mit langen Beinen und drallen Brüsten. Sie hörte einen Augenblick verwirrt zu, dann strahlte sie. »Aber sicher«, sagte sie. »Wo habe ich nur meinen Kopf? Natürlich erinnere ich mich an den alten Herrn. Er hätte beinahe das Päckchen vergessen, das er abholen sollte.«

Nora wartete.

»Ich habe es ihm gerade geben wollen, als er sich umsah und einen unserer Händler erkannte.« Sie wandte sich an ihre Kollegin. »Du weißt schon. Jack Barton, der niedliche Neue.«

Nora verspürte kalte Schmerzen im Magen. Darum war ihr die Firma so bekannt vorgekommen. Das war die Firma, von der ihr Jack gestern so widerwillig erzählt hatte. Sein neuer Job.

»Wie dem auch sei, der alte Herr sah Jack und schien echt überrascht zu sein. Er sagte: ›Ist das Jack Barton? Arbeitet er hier?‹ Ich sagte ja. Jack kam gerade zu dieser Tür heraus.« Sie deutete mit einem Nicken zu einer Angestelltentür am anderen Ende des Büros. »Der alte Mann war völlig aufgeregt. Er sagte: ›Ich muß Jack von meinem Glückstag erzählen.‹ Ich mußte ihm nachrufen, daß er das Päckchen nicht vergessen sollte. Darum war er ja schließlich gekommen, nicht?«

Es mußte einen Grund dafür geben, daß Jack ihr nichts von seinem Zusammentreffen mit Bill gesagt hatte. Welchen Grund?

Nora versuchte, die Angst, die eine Bestätigung ihres gestrigen Unbehagens war, dadurch zu vertreiben, daß sie eine Zeitung kaufte und in der U-Bahn las, aber das Gedruckte tanzte vor ihren Augen. Als sie zu Hause war, ging sie als erstes ins Badezimmer, wo ihre Mäntel an der Stange des Duschvorhangs hingen. Derjenige, den sie gestern abend angehabt hatte, war vollkommen trocken, obwohl sie zehn Minuten im Regen gestanden hatten. Der Mantel, den Jack gestern abend auf dem Weg zum Krankenhaus und zur Leichenhalle getragen hatte, sein guter Mantel, war noch etwas feucht. Aber sein Trenchcoat, den er angehabt hatte, als er gestern abend nach Hause gekommen war, war immer noch tropfnaß. Er war nicht nur von der U-Bahn hierher gegangen. Sie erinnerte sich wieder an die funkelnde Aufregung, die Nervosität, die gestern wie Stromstöße um seinen Körper knisterte, wie er sie festhielt und weinte.

Wie weit war er gestern nacht gegangen? Warum war er gegangen? Und wer war bei ihm gewesen... oder wem war er gefolgt?

»Bitte, lieber Gott, nein«, flüsterte sie. »Nein.« Er war nach Hause gekommen, sie hatte ihn unter die Dusche geschickt und die Polizei angerufen. Als er aus dem Schlafzimmer gekommen war, hatte er ihr geholfen, die Anrufe zu erledigen. Er hatte die Nummern herausgesucht. Aber sie war schon am Telefon gewesen, als er herausgekommen war. Und davor hatte sie diesen seltsamen Ton gehört, dieses Klappern, und hatte sich gefragt, was er tat.

Wie ein Gefangener, der einem unentrinnbaren Schicksal entgegengeht, lief sie ins Schlafzimmer und griff im Schrank nach der Geldkatze, in der sich ihre wichtigen Papiere befanden, Trauschein, Versicherungspolicen, Geburtsurkunden. Sie nahm die Kassette zum Bett und machte sie auf. Jacks Geburtsurkunde lag ganz oben. Sie nahm die Papiere langsam eines nach dem anderen heraus, bis sie beim letzten angelangt war, einem rosa-weißen Lotterielos. Nein, Jack, o bitte nicht, dachte sie. Nein. Nicht du. Nicht für tausend Dollar. Das konntest du nicht tun. Niemals. Es muß eine Erklärung geben.

Aber als sie das Los mit den in der Zeitung ausgedruckten Gewinnzahlen verglich, da verstand sie. Sie hielt das Los in der Hand, für das man dreizehn Millionen Dollar bekommen konnte.

Bill Regan hatte gewußt, daß er Glück haben würde. Sie sah sich im Zimmer um und versuchte blind, eine Lösung zu finden. Das Manuskript lag neben Jacks Schreibmaschine, das Manuskript, das nicht weiter kam, weil er ausgebrannt war. Jacks Schlaftabletten für ›Anfälle von Depressionen‹. Dann erinnerte sie sich an ihre unbarmherzigen Fragen gestern morgen, bis er den Namen seiner neuen Firma gemurmelt und gestanden hatte, daß Merrill Lynch ihn entlassen hatte... und dann hatte er in einem Versuch, das Gesicht zu wahren, hinzugefügt: »Teil des generellen Personalabbaus. Ich war einfach einer von denen ganz unten am Totempfahl. Hatte nichts mit meinen Leistungen zu tun.«

Und gestern hatte Bill ihm von seinem Lotterielos erzählt, und Jack hatte durchgedreht. Er mußte beobachtet haben, wie Bill das Fisk Building verlassen hatte, und ihm in den Park gefolgt sein.

Was sollte sie jetzt tun? Nora stieß den verabscheuungswürdigen Gedanken, daß sie die Polizei informieren sollte, mit aller Macht von sich. Jack war ihr Leben. Sie würde sich lieber selbst umbringen, bevor sie ihn verließ.

Heute ist mein Glückstag. Bill hatte nach Florida gewollt, wo er mit interessanten Menschen wie denen in *Cocoon* in einem Altersheim leben konnte. Das hatte er verdient gehabt.

Nora saß im Wohnzimmer auf dem Sofa, als der Schlüssel im Schloß gedreht wurde und Jack nach Hause kam. Es war ihr gelungen, sich auf die Tatsache zu konzentrieren, daß die Polster wirklich schäbig waren und die neuen Bezüge die durchgesessenen Kissen nicht verbergen konnten. Es war zwar erst Viertel nach vier, aber es dämmerte bereits, und sie erinnerte sich, daß es bis zum kürzesten Tag des Jahres nur noch ein Monat war.

Sie stand auf, als die Tür aufging. Jack hatte einen Armvoll langstielige rote Rosen bei sich. »Nora.« Jetzt war die Nervosität verschwunden. Gestern nacht hatte er mit ihr um Bill Regan getrauert, aber heute war *seine* Nacht. »Nora, setz dich, warte. Mein Gott, Liebling, warte bis du siehst, was uns widerfahren ist. Ich kann schreiben, du kannst ein Dienstmädchen haben, wir kaufen diese Wohnung, und wir kaufen ein Haus am Cape. Wir haben für den Rest unseres Lebens ausgesorgt. Ausgesorgt. Ich wollte es dir gestern schon sagen, als ich nach Hause gekommen bin. Aber ich wollte nicht, daß Bill Regan uns unterbricht. Daher habe ich gewartet. Und nach allem, was dann passiert ist, konnte ich es dir unmöglich sagen.«

»Du hast gestern abend Bill gesehen.«

Jack sah sie verwirrt an. »Nein.«

»Er ist dir nachgelaufen, als du um vier dein Büro verlassen hast.«

»Dann hat er mich nicht erwischt. Nora, begreifst du denn nicht? Ich habe die gestrigen Gewinnzahlen der Lotterie gehört. Und sie kamen mir bekannt vor. Es war verrückt. Ich habe das Los einfach so gekauft. Du weißt doch, wenn ich normalerweise ein Los kaufe, dann nehme ich als Zahl unseren Hochzeitstag, deinen Geburtstag oder so etwas. Und dann konnte ich das verdammte Los nicht finden.«

Jack, lüg nicht, lüg nicht.

»Ich wäre fast verrückt geworden. Dann fiel es mir wieder ein. Als ich letzte Woche meinen Schreibtisch bei Merril Lynch geräumt habe, lag es ganz oben. Wenn ich es nicht weggeworfen hatte, mußte es in einem der Ordner sein. Ich lief hin und habe jeden einzelnen durchsucht. Nora, ich habe den Verstand verloren. Und dann habe ich es gefunden. Ich konnte es nicht glauben. Ich glaube, ich war im Schock. Ich bin den ganzen Weg nach Hause zu Fuß gegangen. Als du mir angeboten hast, du würdest deine Karriere für mich opfern – du mußt mich für verrückt gehalten haben, als ich geweint habe. Ich brannte darauf, es dir zu erzählen, aber als ich wußte, daß der arme alte Bill zu Besuch kommen würde, mußte ich eben warten. Es sollte nur unsere Nacht sein.«

Er schien nicht zu bemerken, daß sie nicht reagierte. Er hielt ihr die Blumen hin und sagte: »Warte, bis ich es dir zeige«, und eilte ins Schlafzimmer.

Das Telefon läutete. Sie nahm automatisch ab und wünschte sich im selben Auenblick, sie hätte es nicht getan. Aber es war zu spät. »Hallo.«

»Mrs. Barton, hier ist Detective Carlson.« Seine Stimme klang versöhnlich. »Ich muß Ihnen sagen, daß Sie recht hatten.«

»Daß ich recht hatte?«

»Ja, Sie waren so beharrlich, daß wir seine Kleidung noch einmal durchsucht haben. Der arme alte Kerl hatte das Lotterielos im Saum seiner Mütze versteckt. Er hatte gestern tausend Dollar gewonnen. Und es wird Sie auch freuen zu hören, daß er nicht überfallen worden ist. Ich schätze, die Aufregung war zuviel für ihn. Er starb an einem Herzanfall. Muß sich den Kopf an einem Stein aufgeschlagen haben, als er fiel.«

»Nein... nein... nein...« Noras Schrei verschmolz mit Jacks Heulen, als er aus dem Schlafzimmer kam und die Kassette in der Hand hielt. Die Asche des Lotterieloses wehte empor und über seine Finger.

Der verlorene Engel

Es schneite in der Nacht vor Weihnachten – ein ununterbrochener Strom kleiner Flocken, die auf den nackten Ästen und den Dächern liegen blieben. Im Morgengrauen legte sich der Sturm, und die Sonne brach hier und da einmal durch die Wolken.

Um sechs Uhr stand Susan Ahearn auf, drehte den Thermostat hoch und kochte Kaffee. Zitternd hielt sie die Hände über die Tasse. Sie fror ständig. Das kam sicherlich daher, weil sie soviel abgenommen hatte, seit Jamie verschwunden war.

Einhundertzehn Pfund waren einfach zuwenig für ihre ein Meter siebzig. Ihre Augen hatten das gleiche Blaugrün wie Jamies. Doch im Moment schienen sie zu groß für ihr Gesicht. Ihre Backenknochen traten hervor. Selbst das kastanienbraune Haar schien noch dunkler geworden zu sein und betonte ihr blasses und verhärmtes Aussehen, das zu einem Dauerzustand geworden war.

Sie fühlte sich so unendlich viel älter als achtundzwanzig. Vor drei Monaten, an ihrem Geburtstag, hatte sie den ganzen Tag damit verbracht, einer falschen Spur nachzujagen. Das Kind, das in einem Pflegeheim in Wisconsin entdeckt worden war, war nicht Jamie. Sie kroch zurück unter die Bettdecke, während der Wind durch das alleinstehende Haus zweiundzwanzig Meilen westlich von Chicago pfiff.

Das Schlafzimmer machte einen uneingerichteten

Eindruck. Keine Bilder an der Wand, keine Vorhänge an den Fenstern, kein Teppichboden oder irgendein Läufer auf dem Kiefernholzfußboden. In der Ecke neben dem Schrank standen planlos aufeinandergestapelte, verschlossene Kisten. Jamie war verschwunden, kurz bevor sie aus diesem Haus ausziehen wollten.

Es war eine lange Nacht gewesen. Die meiste Zeit hatte sie wach gelegen und versucht, die Angst zu vertreiben, die mittlerweile ihr ständiger Begleiter war. Was wäre, wenn sie Jamie nicht finden würde? Was wäre, wenn Jamie zu den Kindern gehörte, die einfach verschwunden blieben? Um die Leere des Hauses, das einsame Stöhnen des Windes und das Klappern der Fenster zu vergessen, begann Susan so zu tun, als ob Jamie da wäre.
»Na, du Frühaufsteher«, sagte sie.
Sie stellte sich Jamie in ihrem rot-weißen Flanellnachthemd vor, wie sie durch das Zimmer getrottet kommt und zu ihr ins Bett klettert. »Du hast ja eiskalte Füße...«
»Ich weiß. *Omi würde sagen, ich hol mir den Tod. Omi sagt so was öfters. Du sagst, Oma ist miesepetrig. Erzähl mir die Weihnachtsgeschichte.*«
»Komm mir jetzt nicht mit Omi. Ihr Sinn für Humor ist nicht gerade überwältigend.« *Sie hatte Jamie in die Bettdecke gewickelt und in ihre Arme genommen.* »Also Weihnachten in New York. Nach unserer Spazierfahrt mit der Pferdekutsche durch den Central Park gehen wir ins Plaza Mittagessen. Das ist ein großes, sehr schönes Hotel. Und genau gegenüber...«
»*Gehen wir auch in das Spielzeuggeschäft...*«
»In das berühmteste Spielzeuggeschäft der Welt. Es heißt

F A O Schwarz. Dort gibt's Eisenbahnen, Puppen und Püppchen, Bücher und alles.«
»Ich darf mir drei Geschenke aussuchen...«
»Ich dachte, wir hätten zwei abgemacht. Also gut, sagen wir drei.«
»Und dann besuchen wir das Jesuskind in Sankt Pats...«
»Eigentlich heißt die Kirche Sankt Patrick, aber wir Iren sind ja ein freundlicher Menschenschlag. Alle sagen Sankt Pats zu ihr...«
»Erzähl mir von den drei... und von den Schaufenstern mit den Märchenfiguren...«

Susan trank den letzten Rest Kaffee aus. Sie hatte einen Kloß im Hals. Das Telefon klingelte und sie versuchte den wilden Sprung — Ausdruck ihrer Hoffnung — zu zügeln, bevor sie den Hörer abnahm. Jamie! Hoffentlich ist es Jamie!

Es war ihre Mutter, die aus Florida anrief. Der sorgenvolle Tonfall, den sich ihre Mutter seit dem Verschwinden Jamies angewöhnt hatte, war heute besonders stark zu spüren. Entschlossen zwang sich Susan positiv zu klingen. »Nein, Mutter. Kein Wort. Natürlich hätte ich dich sofort angerufen... Es ist für uns alle schwer. Nein, ich bin sicher, daß ich lieber hierbleiben möchte. Vergiß nicht, schließlich hat sie einmal hier angerufen... Um Gottes willen nein, Mutter, ich glaube nicht, daß sie tot ist. Laß mir Zeit. Jeff ist ihr Vater. Er liebt sie auf seine Weise...«

Weinend legte sie auf und biß sich auf die Lippen, um nicht in wütende Hysterie auszubrechen — alle Ungeheuer waren entfesselt. Selbst ihre Mutter wußte nicht, wie schlimm es wirklich war.

Bis jetzt waren sechs Ermittlungsverfahren gegen Jeff eingeleitet worden. Der Unternehmer, den sie geheiratet hatte, war in Wahrheit ein international gesuchter Juwelendieb. Dieses abgelegene Haus in diesem abgelegenen Vorort hatte er gemietet, weil es ein gutes Versteck für ihn gewesen war. Letztes Frühjahr hatte sie die Wahrheit erfahren, als das FBI kam und ihn festnehmen wollte, kurz nachdem er auf eine von seinen ›Geschäftsreisen‹ gegangen war. Er kam nie mehr wieder, also hatte sie das Haus zum Verkauf angeboten. Sie traf alle Vorbereitungen, um nach New York umzuziehen – die vier Jahre, die sie dort am College verbracht hatte, waren die glücklichsten ihres Lebens gewesen. Dann, ein paar Wochen nach seinem Verschwinden, war Jeff in Jamies Kindergarten aufgetaucht und hatte sie mitgenommen. Das war jetzt sieben Monate her.

Auf der Fahrt zur Arbeit wurde sie die Angst nicht mehr los, die der Anruf ihrer Mutter bei ihr ausgelöst hatte. *Glaubst du, daß Jamie tot ist?* Jeff war absolut unfähig, eine Verantwortung zu übernehmen. Als Jamie sechs Monate alt war, hatte er sie allein zu Hause gelassen und war Zigaretten holen gegangen. Und als sie zwei war, hatte er nicht gemerkt, daß sie ins tiefe Wasser hineingewatet war. Ein Rettungsschwimmer hatte sie rausgeholt. Wie sollte er da heute richtig auf sie aufpassen können? Warum hatte er sie mitgenommen?

Das Immobilienbüro war festlich geschmückt für Weihnachten. Sie waren eine nette Mannschaft, die sechzehn Leute, mit denen sie zusammenarbeitete, und Susan freute sich über die hoffnungsvollen Blikke, die sie ihr jeden Morgen zuwarfen. Alle warteten sie auf gute Nachrichten. Heute hatte keiner so richtig Lust zum Arbeiten, aber sie beschäftigte sich, indem sie die Zeitungen nach Geschäftsauflösungen durchsah. Egal, was sie auch tat, es erinnerte sie an die Sache. Die Wilkes, die sich ihr erstes Haus gekauft hatten, weil sie Nachwuchs erwarteten. Die Conways, die ihr großes Haus verkauften, um in die Nähe ihrer Enkel zu ziehen. Als sie das Gespräch mit Frau Conway beendete, merkte sie, wie ihr die mittlerweile vertrauten Tränen in die Augen stiegen, und sie drehte den Kopf zur Seite.

Joan Rogers, die Kollegin am Schreibtisch neben ihr, las eine Zeitschrift. Es versetzte Susan einen Stich, als sie die Überschrift des Artikels sah: ›Kinder sind nicht immer wahre Engel an Weihnachten.‹

Süße Fotos von kleinen Kindern in weißen Hemden und mit Heiligenscheinen waren über die Seite verstreut.

Susan erstarrte, beugte sich hinüber und riß Joan verzweifelt die Zeitschrift aus der Hand. Der Engel in der rechten oberen Ecke. Ein kleines Mädchen. Das Haar war so hellblond, daß es fast weiß erschien. Aber die Augen, der Mund und die Pausbäckchen. »Oh, Gott«, flüsterte Susan. Sie zog die Schreibtischschublade auf, durchwühlte deren Inhalt und fand endlich den gesuchten Filzstift. Mit zitternden Händen übermalte sie das blonde Haar des Kindes mit dem warmen Braunton des Stiftes und beobachtete, wie das Engelsgesicht in der Zeitschrift dem gerahmten Foto auf ihrem Schreibtisch immer ähnlicher wurde.

Jamie sah nachdenklich aus dem Schlafzimmerfenster in die kalte Winterlandschaft hinaus und versuchte, nicht auf die streitenden Stimmen zu hören. Papa und Tina stritten sich wieder mal. Irgend jemand aus dem Haus hatte Papa ihr Foto, das in der Zeitung war, gezeigt. Papa schrie gerade: »Was hast du denn damit erreichen wollen? Daß wir alle im Gefängnis landen? Wie oft hat sie Modell gestanden?«

Sie waren Ende des Sommers nach New York gekommen, und Papa war sehr viel ohne sie auf Reisen gegangen. Tina sagte, ihr wäre langweilig und sie könnte mal wieder ein bißchen als Fotomodell arbeiten. Aber die Frau, zu der sie gegangen war, sagte zu ihr: »Von ihrem Typ brauche ich im Moment niemand, aber mit dem kleinen Mädchen da könnte ich was anfangen.«

Es war einfach gewesen, sich als Engel fotografieren zu lassen. Sie hatten ihr gesagt, sie bräuchte nur an was sehr Schönes zu denken, und so dachte sie an Weihnachten, und daß sie und Mami vorgehabt hatten, dieses Jahr den Heiligabend in New York zu verbringen. Jetzt war sie in New York, und alle diese Plätze, wo sie und Mami hingehen wollten, waren ganz nahe – aber es war einfach nicht dasselbe mit Papa und Tina.

»Ich hab dich gefragt, wie oft sie Modell gestanden hat!« schrie Papa.

»Zwei- oder dreimal«, rief Tina.

Das war gelogen. Sie waren oft in die Fotoagentur gegangen, wenn Papa unterwegs war. Aber wenn Papa in New York war, hatte Tina die Termine abgesagt.

Jetzt meinte Tina: »Was erwartest du eigentlich von

mir? Soll ich vielleicht Däumchen drehen, solange du weg bist?«

Unten auf der Straße eilten die Menschen vorbei, als wäre ihnen kalt. Es hatte die ganze Nacht geschneit, aber der Schnee schmolz unter den Rädern der Autos und verwandelte sich in dreckige Matschhaufen. Ganz drüben, am Rand ihres Blickfeldes, konnte sie den Central Park sehen, wo der Schnee so schön war, wie er sein sollte.

Jamie hatte einen Kloß im Hals. Sie wußte, daß an Weihnachten das Christkind kam. Jeden Tag hatte sie gebetet, daß der liebe Gott, wenn er das Jesuskind auf die Erde bringt, auch Mami mitbringt. Aber Papa hatte ihr gesagt, daß Mami immer noch sehr krank wäre. Und heute abend würden sie wieder mal in ein Flugzeug einsteigen und irgendwo hinfliegen. Es klang wie ba-na-nas. Nein. Es hieß Ba-ha-mas.

»Jamie!«

Tinas Stimme klang ziemlich ärgerlich, als sie nach ihr rief. Jamie wußte, daß Tina sie nicht besonders mochte. Tina sagte auch immer zu Papa: »Sie ist dein Kind!«

Papa saß im Bademantel am Tisch. Die Zeitschrift mit ihrem Foto hatte er auf den Boden geworfen; jetzt las er die Tageszeitung. Normalerweise sagte er: »Guten Morgen, Prinzeßchen«, aber heute beachtete er sie nicht mal, als sie ihm einen Kuß gab. Papa war nie bösartig zu ihr. Ein einziges Mal hatte er ihr eine Ohrfeige gegeben. Das war, als sie versucht hatte, Mami anzurufen. Genau in dem Moment, als Mami sagte: »Bitte, hinterlassen Sie eine Nachricht«, kam Papa rein. Sie konnte gerade noch sagen: »Ich hoffe, dir geht's besser Mami, du fehlst mir«, bevor Papa den Hörer auf die Gabel knallte und ihr eine runterhaute. Danach schloß er immer das Telefon ab, wenn er und Tina nicht in der Nähe waren. Papa sagte, daß Mami so krank wäre, daß es ihr weh täte, wenn sie versuchte zu sprechen. Aber Mami hatte sich gar nicht krank angehört, als sie sagte: »Bitte, hinterlassen Sie eine Nachricht!«

Jamie setzte sich an den Tisch, wo schon der Orangensaft und die Cornflakes auf sie warteten. Das war so ziemlich das einzige, was Tina für sie tat – ihr das Frühstück machen.

Papa runzelte die Stirn und klang ärgerlich, als er laut vorlas: »Die Bediensteten vermuten, daß der kleinere der beiden Einbrecher eine Frau gewesen ist.« Dann sagte Papa: »Ich hab dir gleich gesagt, daß diese Aufmachung ein Fehler war.«

Tina beugte sich über seine Schulter. Ihr Morgenrock stand offen, und sie quoll aus ihrem Nachthemd. Ihr Haar war völlig unordentlich, und sie blies Rauchringe in die Luft, während sie vorlas: »*Vielleicht waren es Leute aus dem Haus. Was willst du mehr!*«

»Daß wir so schnell wie möglich abhauen«, sagte Papa. »Wir haben diese Stadt überstrapaziert.«

Jamie dachte an all die Wohnungen, die sie sich angesehen hatten. »Müssen wir denn unbedingt auf die Ba-ha-mas?« fragte sie. Es klang so weit weg. Weiter und weiter weg von Mami. »Die Wohnung gestern hat mir gefallen«, bemerkte sie. Sie spielte mit den Cornflakes und rührte mit dem Löffel drin herum. »Ihr habt doch der Frau gesagt, ihr glaubt, das wär genau das Richtige für euch?«

Tina lachte. »Stimmt, Kleines, in gewisser Weise war es das auch.«

»Halt den Mund.« Papa klang ziemlich sauer. Jamie dachte daran, wie gestern die Frau, die ihnen die Wohnung gezeigt hatte, sagte, was für eine wunderbare Familie sie wären. Papa und Tina hatten die vornehmen Kleider angezogen, die sie immer trugen, wenn sie sich Wohnungen ansahen, und Tina hatte die Haare zu einem Pferdeschwanz zurückgekämmt und war nur sehr dezent geschminkt.

Nach dem Frühstück gingen Tina und Papa ins Schlafzimmer. Jamie überlegte, was sie anziehen sollte und entschied sich für die lila Hose und das gestreifte, langärmelige Hemd, das sie angehabt hatte an dem Tag, an dem Papa zum Kindergarten gekommen war, um ihr zu sagen, daß Mami krank wäre und er sie mit nach Hause nehmen würde. Obwohl beides ihr langsam zu klein wurde, zog sie es lieber an als ihre neuen Kleider. Sie wußte noch ganz genau, wie Mami sie gekauft hatte.

Sie bürstete sich das Haar und war immer wieder überrascht, wie lustig es jetzt aussah. Es hatte exakt die gleiche Farbe wie Tinas, und wenn sie zusammen weggingen, wollte Papa immer, daß sie ›Mutter‹ zu Tina sagte. Sie wußte, daß Tina nicht ihre Mutter war, und da sie zu Mami immer Mami gesagt hatte, störte es sie nicht weiter, Tina Mutter zu nennen. Es waren zwei unterschiedliche Namen für zwei unterschiedliche Personen.

Als sie ins Wohnzimmer zurückkam, waren Papa und Tina fertig angezogen. Papa trug eine Aktentasche, die schwer aussah. »Ich werd nicht besonders traurig sein, wenn wir heute abend diesen Ort verlassen«, sagte er. Jamie gefiel es hier auch nicht. Sie wußte, daß es schön war, nur einen Block vom Central Park entfernt zu wohnen, aber die Wohnung war dunkel und schmuddelig, und die Einrichtung war alt, und der Teppich hatte einen Riß. Papa sagte immer wieder zu den Leuten, die ihnen ihre Apartments vorführten, wie sehr sie sich auf eine wirklich elegante Wohnung in New York freuten.

»Tina und ich müssen noch was erledigen«, sagte Papa zu ihr. »Ich schließe die Tür zweimal ab, dann kann nichts passieren. Lies oder sieh fern. Nachher wird Tina mit dir Sommerkleider einkaufen für die Bahamas, und du kannst dir ein paar Weihnachtsgeschenke aussuchen. Ist das was?«

Es gelang Jamie, ihm zuzulächeln, aber gleichzeitig blieb ihr Blick am Telefon hängen. Papa hatte vergessen, es abzuschließen. Wenn sie weg waren, würde sie Mami wieder anrufen. Sie wollte mit Mami über Weihnachten reden. Papa würde es gar nicht merken. Sie wartete ein paar Minuten, um sicher zu sein, daß sie weg waren, dann nahm sie den Hörer ab. Jede Nacht vor dem Einschlafen sagte sie sich die Nummer vor, so würde sie sie nicht vergessen. Sie wußte sogar, daß sie die Eins vorwählen mußte. Sie sagte die Nummer laut vor sich hin und wählte: »1...312-54...«

Der Schlüssel drehte sich im Schloß. Sie hörte Papa fluchen, und sie ließ den Hörer los, bevor er ihr ihn wegreißen konnte. Er hielt den Hörer ans Ohr, und als das Freizeichen kam, legte er auf, schloß das Telefon ab und sagte: »Wenn heute nicht Weihnachten wäre, hättest du was erleben können!«

Dann ging er wieder. Jamie verkroch sich im großen Sessel, zog die Beine an und legte den Kopf auf die Knie. Sie wußte, sie war zu alt zum Weinen. Sie war fast viereinhalb. Trotzdem mußte sie sich auf die Lippen beißen, damit sie nicht anfingen zu zittern. Aber nach einer Minute konnte sie schon wieder das So-tun-als-ob-Spiel spielen.

Mami war bei ihr, und sie würden zusammen, wie ausgemacht, Weihnachten verbringen. Als erstes würden sie mit der Kutsche durch den Central Park fahren, und die Glöckchen an den Mähnen der Pferde würden klingeln. Dann würden sie in ein großes Hotel zum Mittagessen gehen. Beunruhigt stellte sie fest, daß sie den Namen des Hotels vergessen hatte. Sie runzelte die Stirn und dachte angestrengt nach. Sie sah das Hotel in Gedanken genau vor sich. Sie hatte Papa dazu gebracht, ihr zu zeigen, wo es war. Jetzt fiel es ihr wieder ein. Das Plaza. Nach dem Mittagessen würden sie in das Spielzeuggeschäft gegenüber gehen. Zu F A O Schwarzzz... Sie würde sich zwei Geschenke aussuchen. Nein, dachte Jamie, Mami hat gesagt, ich kann mir drei aussuchen. »Wir gehen die Fifth Avenue runter und besuchen das Jesuskind und dann...«

Tina sagte, sie wäre eine ziemliche Nervensäge, weil sie immer fragte, wo was wäre. Aber jetzt wußte sie ganz genau, wie sie zur Fifth Avenue kam von hier aus, und wo die Plätze lagen, die sie und Mami besuchen wollten. Mami war in New York in die Schule gegangen. Aber das war lange her... vielleicht hatte Mami vergessen, wo sie waren, aber Jamie wußte es. Mit geschlossenen Augen stellte sie sich vor, wie sie ihre

Hand in Mamis Hand legte und sagte: »Der große wunderschöne Baum ist da unten...«

Die Telefonnummer der Zeitschrift stand im Impressum. Hastig wählte Susan die Nummer 212... Sie bemerkte, wie sich alle anderen im Büro um ihren Schreibtisch versammelten, während sie darauf wartete, daß am anderen Ende jemand abhob. *Laß sie nicht geschlossen haben, laß sie nicht geschlossen haben.*

Die Frau in der Vermittlung, die sich endlich meldete, versuchte behilflich zu sein. »Tut mir leid, unter dieser Nummer ist im Moment niemand zu erreichen. Kinderfotos? Darüber erhalten sie Auskunft in der entsprechenden Abteilung, die ist aber heute geschlossen. Sie können dort am 26. wieder anrufen?«

In einem Wortschwall sprudelte Susan heraus, was mit Jamie geschehen war. »Sie müssen mir helfen. Wie bezahlen Sie ein Kind, das Modell steht? Haben Sie denn keine Adresse?«

Die Frau in der Vermittlung unterbrach sie: »Warten Sie, es muß einen Weg geben, das herauszufinden.«

Minuten vergingen. Susan hielt den Hörer fest umklammert und bemerkte kaum, daß sie jemand an den Schultern festhielt. Joan, liebe Joan, die zufällig diesen Artikel gelesen hatte.

Als sich die Vermittlung wieder meldete, sagte sie triumphierend: »Ich habe einen der Herausgeber zu Hause erreicht. Die Kinderfotos, die wir zu diesem Artikel abgedruckt haben, stammen aus der Fotoagentur Lehman. Hier ist die Nummer.«

Susan wurde zu Dora Lehman durchgestellt. Im

Hintergrund konnte sie die Geräusche einer Weihnachtsfeier hören. Frau Lehmans durchdringende, aber freundliche Stimme sagte: »Ja, Jamie ist eins meiner Kinder. Sicher ist sie hier in New York. Die Aufnahmen sind von letzter Woche.«

»Sie ist in New York!« rief Susan aus. Nur undeutlich bekam sie mit, wie hinter ihr geklatscht wurde.

Dora Lehman hatte keine Adresse von Jamie. »Eine gewisse Tina holte immer Jamies Schecks ab. Aber ich habe eine Telefonnummer. Eigentlich sollte ich dort nur anrufen, wenn ein wirklich dicker Auftrag auf dem Tisch liegt. Tina sagte, wenn ihr Ehemann am Apparat wäre, sollte ich sagen, ich hätte mich verwählt.«

Susan kritzelte die Nummer auf ein Papier, so nervös, daß es ihr nicht gelang einzuhängen und sie noch hörte, wie Frau Lehman ihr vorschlug, mit Jamie vorbeizuschauen, wenn sie in New York wären.

Joan hielt sie zurück, als sie die Nummer wählen wollte. »Du wirst sie nur warnen. Wir müssen die New Yorker Polizei einschalten. Sie können die Adresse herausfinden, und du buchst einen Flug nach New York.«

Nach all den Monaten des Wartens endlich etwas *tun* zu können. Irgend jemand sah im Flugplan nach. Die nächste Maschine, die sie nehmen konnte, ging mittags vom O'Hare ab. Aber als sie versuchte, eine Reservierung zu bekommen, mußte die Angestellte fast lachen. »Wir haben heute keinen einzigen freien Platz mehr ab Chicago«, sagte sie. Auf ihr Bitten hin wurde sie mit dem stellvertretenden Chef verbunden. »Sie kommen hier weg«, sagte er ihr. »Sie kriegen einen Platz in diesem Flugzeug, und wenn wir den Piloten rausschmeißen müssen.«

Joan hatte gerade das Gespräch mit der New Yorker Polizei beendet, als Susan den Hörer auflegte. Es dauerte einen Moment, bis Susan auffiel, daß Joan ein finsteres Gesicht machte und der Ausdruck freudiger Erwartung aus ihren Augen verschwunden war. »Jeff ist gerade wegen eines Raubüberfalls verhaftet worden, den er und diese Frau – Tina –, mit der er zusammenlebt, begangen haben. Ein Nachbar will gesehen haben, wie Jamie und die Frau vorfuhren, als sie ihn gerade in den Streifenwagen verfrachteten. Wenn Tina weiß, daß Jeff verhaftet wurde, verschwindet sie mit Jamie Gott weiß wohin.«

Papa und Tina waren nur kurz weggewesen. Jamie konnte die Uhr lesen, und beide Zeiger standen auf elf, als sie zurückkamen. Tina sagte, sie solle ihren Mantel anziehen, weil sie jetzt zu Bloomingdale gingen. Es machte keinen Spaß, mit Tina einzukaufen. Jamie merkte, daß sogar die Frau, die ihnen die Kleider verkaufte, überrascht war, daß Tina sich nicht im geringsten dafür interessierte, was sie kaufte. Sie sagte nur: »Sie braucht ein paar Badeanzüge und ein paar Shorts und Blusen. Das müßte genügen.«

Dann gingen sie in die Spielzeugabteilung. »Dein Vater hat gesagt, du kannst dir ein paar Sachen raussuchen«, sagte Tina.

Sie wollte eigentlich gar nichts. Die Puppen mit den gläsernen Knopfaugen und Rüschenkleidchen sahen nur halb so lieb aus wie ihre Minnie Maus Stoffpuppe zu Hause, die sie immer mit ins Bett nahm. Aber Tina sah ziemlich ärgerlich aus, als sie ihr sagte, sie wollte gar nichts haben, und deshalb zeigte sie schnell auf ein paar Bücher.

Zurück zur Wohnung nahmen sie ein Taxi. Aber als der Fahrer an den Randstein fuhr, fing Tina an, sich komisch zu benehmen. Zwei Polizeifahrzeuge parkten dort, und Jamie sah Papa zwischen zwei Polizisten gehen. Sie zeigte auf ihn, aber Tina zwickte sie ins Knie und sagte zu dem Fahrer: »Ich habe etwas vergessen. Bitte, fahren Sie uns noch einmal zu Bloomingdale zurück.«

Jamie sank entsetzt in den Sitz zurück. Papa hatte heute morgen von der Polizei gesprochen. Hatte Papa Schwierigkeiten? Sie wagte es nicht, Tina zu fragen. Tina hatte einen gemeinen Zug um den Mund, und ihre Hand, mit der sie Jamie gezwickt hatte, war noch in der Luft, bereit wieder zuzuschlagen.

Bei Bloomingdale kaufte jetzt Tina nur noch für sich ein. Sie kaufte einen Koffer, ein Kleid, einen Mantel, einen Hut und eine große dunkle Sonnenbrille. Nachdem Tina bezahlt hatte, schnitt sie alle Etiketten raus und sagte zu der Verkäuferin, daß sie sich entschieden hätte, die neuen Kleider gleich anzuziehen.

Als sie Bloomingdale wieder verließen, sah sie völlig verändert aus. Ihre weiße Nerzjacke und ihre Lederhose waren im Koffer. Der neue Mantel war schwarz, wie der, den sie trug, wenn sie sich Wohnungen ansahen. Der Hut bedeckte ihr Haar vollständig, und die dunkle Sonnenbrille war so groß, daß man kaum ihr Gesicht erkennen konnte.

Jamie hatte Hunger. Sie hatte den ganzen Tag nichts gegessen, nur die Cornflakes und den Orangensaft am Morgen. Die Straße war voller Menschen. Die Leute gingen vorbei mit ihren vollen Einkaufstaschen. Die einen sahen gestreßt aus, andere dagegen glücklich. Da stand ein Weihnachtsmann an der Straßenecke, und die Leute warfen Geld in seine Sammelbüchse.

An der Ecke entdeckte sie einen Imbißstand. Schüchtern zupfte sie Tina am Ärmel. »Könnte ich bitte... Ist es in Ordnung, wenn ich...« Irgendwie schnürte es ihr die Kehle zu. Sie war so hungrig. Sie wußte nicht, warum die Polizei Papa mitgenommen hatte, und sie wußte, daß Tina sie nicht mochte.

Tina hatte versucht, ein Taxi herbeizuwinken. »Na, gut«, sagte sie, »meinetwegen. Aber beeil dich.« Jamie bestellte ein Hot dog mit Senf und eine Cola. Ein Taxi hielt an, noch bevor der Mann Senf auf die Wurst tun konnte, und Tina sagte: »Vergiß das mit dem Senf, komm schon!«

Im Taxi versuchte Jamie so vorsichtig zu essen, daß es keine Krümmel gab. Der Fahrer drehte sich herum und sagte zu Tina: »Ich weiß, daß das Kind nicht lesen kann, aber wie ist das mit Ihnen?«

»Oh, Entschuldigung, das habe ich nicht gesehen.« Tina zeigte auf das Schild. »Da steht, daß man im Taxi nicht essen darf; also warte, bis wir am Hafenamt sind.«

Das Hafenamt war ein riesengroßes Gebäude mit vielen Menschen. Sie stellten sich in einer langen Schlange an. Tina drehte sich andauernd um, als hätte sie vor irgend etwas Angst. Am Schalter fragte sie, wann Busse nach Boston gingen. Der Mann antwortete, es gäbe einen um zwei Uhr zwanzig, den sie noch kriegen könnten. Dann kam ein Polizist auf sie zu. Tina drehte den Kopf weg und sagte gepreßt: »Oh, mein Gott!«

Jamie fragte sich, ob der Polizist sie jetzt genauso ins Auto verfrachten würde, wie sie es mit Papa gemacht hatten. Aber er kam überhaupt nicht in ihre Nähe. Statt dessen redete er mit zwei Frauen, die sich anschrien. Mami hatte ihr immer erzählt, daß die Polizisten ihre Freunde wären, aber sie wußte, daß das in New York anders war, weil Papa und Tina Angst vor ihnen hatten.

Tina brachte sie in einen Raum, wo ein paar Leute in einer Reihe auf Stühlen saßen. Eine alte Frau war mit der Hand auf ihrem Koffer eingeschlafen. Tina sagte: »So, Jamie, du wartest hier auf mich. Ich muß noch eine Besorgung machen, und das kann länger dauern. Iß deine Wurst auf und trink dein Cola, aber sprich mit niemandem. Wenn dich jemand fragt, sagst du, du gehörst zu der Frau dort.«

Jamie war froh, daß sie sich hinsetzen und essen durfte. Die Wurst war kalt, und sie wünschte, es wäre Senf drauf, aber es schmeckte auch so gut. Sie sah, wie Tina zum Aufzug zurückging.

Sie wartete sehr lange. Irgendwann wurden ihre Augenlider schwer, und sie schlief ein. Als sie wieder aufwachte, rannten ziemlich viele Leute an ihr vorbei, als würden sie zu spät kommen. Die alte Frau, die neben ihr saß, schüttelte sie. »Bist du allein?« Sie sah ärgerlich aus.

»Nein, Tina kommt gleich zurück.«

Das Reden fiel ihr schwer. Sie war immer noch so verschlafen.

»Wartest du schon lange hier?«

Jamie wußte es nicht so genau und sagte deshalb noch mal: »Tina kommt gleich wieder.«

»Also gut. Ich muß zum Bus. Und sprich mit niemandem, bis Tina zurück ist.« Die alte Frau nahm ihren Koffer. Es sah so aus, als wäre er sehr schwer.

Jamie mußte auf die Toilette. Tina würde sehr ärgerlich sein, wenn sie nicht auf sie wartete, aber sie konnte es nicht länger aushalten. Sie fragte sich, wie sie die Toiletten finden könnte, wo sie doch niemand fragen durfte. Da hörte sie auf dem Stuhl hinter ihr eine Frau zu ihrem Freund sagen: »Laß uns noch mal aufs Klo gehen, bevor wir fahren.«

Jamie war klar, daß sie die Toilette gemeint hatte. Tina redete auch immer vom Klo. Sie nahm das Paket mit den Kleidern und den Büchern und folgte den beiden so dicht, daß es so aussah, als gehörte sie zu ihnen.

Auf der Toilette waren viele Leute, und einige von ihnen hatten Kinder dabei, so daß es niemand weiter auffiel, wie sie hinein- und hinausging. Sie wusch sich die Hände und verließ diese schmutzigen Toiletten, so schnell sie konnte. Da fiel ihr das erste Mal die große Uhr an der Wand auf. Der kleine Zeiger stand auf vier und der große auf eins. Das bedeutete: Es war fünf nach vier. Der Mann am Schalter hatte Tina erzählt, der nächste Bus würde um zwanzig nach zwei gehen.

Jamie blieb stehen. Jetzt wurde ihr klar, daß Tina gar nicht die Absicht gehabt hatte, sie mitzunehmen... Tina kam nicht mehr zurück.

Jamie wußte, wenn sie hier bliebe, würde sie früher oder später ein Polizist ansprechen. Doch wo sollte sie hingehen? Papa war nicht zu Hause, und Tina war weg. Vielleicht konnte sie Mami anrufen; die würde bestimmt jemand schicken, auch wenn sie krank war. Aber sie hatte kein Geld. Sie wünschte sich so sehr, Mami wäre da. Sie merkte, daß ihr die Tränen kamen. Es war Heiligabend, und Mami und sie hatten eigentlich vorgehabt, ihn zusammen zu verbringen.

Durch die großen Türen am Ende der Halle gingen die Menschen rein und raus. Das mußte der Ausgang sein. Das Paket war schwer. Die Schnüre schnitten ihr in die Handflächen. Sie wußte, was sie machen konnte. Die Wohnung war an der Ecke 48. Straße Fifth Avenue. Das war die Adresse, die Tina und Papa immer den Taxifahrern angegeben hatten. Und wenn sie die Wohnung gefunden hatte, konnte sie auch einen Block weiter zum Central Park gehen. Von dort aus wußte sie, wie sie zum Plaza kam. Sie würde das So-tun-als-ob-Spiel spielen. Sie würde sich vorstellen, daß Mami bei ihr wäre und sie zusammen mit der Pferdekutsche durch den Central Park fahren und ins Plaza zum Mittagessen gehen würden. Dann würde sie in den Spielzeugladen gegenüber vom Plaza gehen, genau wie Mami und sie es ausgemacht hatten. Sie würde die Fifth Avenue hinunterlaufen und das Jesuskind besuchen und den großen Baum und die Märchenfenster bei Lord and Taylor anschauen.

Sie stand draußen auf der Straße. Es wurde langsam dunkel, und der eisige Wind biß ihr in die Wangen. Ohne Mütze fror sie am Kopf. Ein Mann mit einem grauen Pullover und einem weißen Kittel verkaufte Zeitungen. Sie wollte nicht, daß er merkte, daß sie allein war, also deutete sie auf eine Frau mit einem Baby auf dem Arm, die versuchte, ihren Kinderwagen aufzuklappen: »Wir müssen zur Fifth Avenue«, sagte sie zu dem Mann.

»Das ist ganz schön weit«, sagte er. Er machte eine ausladende Handbewegung. »Es geht achtzehn Blocks da hinauf und einen Block so rüber.«

Jamie wartete, bis der Mann jemand Kleingeld rausgeben mußte, dann flitzte sie über die Straße und machte sich auf den Weg zur Fifth Avenue. Eine zerbrechliche Gestalt in einem rosa Anorak und mit goldenen Löckchen.

Die Maschine hatte Verspätung beim Anflug, und es dauerte eine Stunde vierzig Minuten, bis sie auf dem LaGuardia Flughafen ankamen. Es war drei Uhr, als sie landeten. Susan rannte durch die Ankunftshalle und versuchte, die freudigen Willkommensgrüße zu ignorieren, die die anderen Passagiere bekamen.

Als sich das Taxi auf der 59. Straße durch den Verkehr schob, versuchte Susan nicht dran zu denken, daß sie und Jamie geplant hatten, heute diesen Tag zusammen in New York zu verbringen. Es war kalt und bedeckt, und der Fahrer sagte ihr, daß es wohl wieder Schnee geben würde. Die Sonnenblende des Autos war zugeklebt mit Familienfotos. »Nach der Fahrt mach ich Schluß und fahr heim zu den Kindern. Haben Sie Kinder?«

Auf der Polizeiwache erwartete sie ein Leutnant Garrigan in seinem Büro.

»Haben Sie Jamie gefunden?«

»Nein. Aber ich versichere Ihnen, wir überwachen alle Flughäfen und jede Busstation.«

Er zeigte ihr ein Foto. »Ist das ihr früherer Ehemann Jeff Randall?«

»So nennt er sich jetzt also?«

»In New York heißt er Jeff Randall. In Boston, Washington, Chicago und einem Dutzend weiterer Städte heißt er anders. Es sieht so aus, als hätten er und seine Freundin sich als reiche Leute vom Land ausgegeben, die nach einer Eigentumswohnung in New York suchten. Offensichtlich hatten sie immer ein kleines Mädchen dabei, was ihren Auftritt noch überzeugender wirken ließ. Er hatte Flugtickets einstecken – sie wollten nach Nassau fliegen heute abend.«

Susan sah das Mitgefühl in seinen Augen. »Kann ich mit Jeff sprechen?« fragte sie.

Er hatte sich nicht verändert im letzten Jahr. Dasselbe gewellte braune Haar, dieselben arglosen blauen Augen, dasselbe entwaffnende Lächeln, dieselbe besorgte und beschützende Art. »Schön dich zu sehen, Susan? Du siehst gut aus, dünner, aber das steht dir.«

Sie hätten alte Freunde sein können, die sich zufällig begegneten. »Wo würde diese Frau Jamie hinbringen?« fragte Susan. Sie krampfte ihre Hände ineinander, voller Angst, daß sie ihm sonst mit den Fäusten ins Gesicht schlagen würde.

»Wovon redest du?«

Sie saßen sich in dem kleinen Büro gegenüber. Jeffs nonchalante Art ließ die Handschellen, die sie ihm angelegt hatten, als gänzlich unwirklich erscheinen. Die beiden Polizisten rechts und links von ihm hätten auch Statuen sein können, so wenig beachtete er sie. Der Leutnant stand immer noch hinter seinem Schreibtisch, aber das Mitgefühl war aus seinen

Augen verschwunden. »Sie werden einige Zeit hinter Gitter müssen, auch wenn das Kidnapping-Verfahren fallengelassen wird«, sagte er. »Ich könnte mir vorstellen, daß ihre frühere Frau von einer Anzeige absieht, wenn das Kind sofort gefunden wird.«

Er wollte keinerlei Fragen beantworten, auch nicht als Susan die Selbstbeherrschung verlor und schrie: »Ich bring dich um, wenn ihr irgend etwas zustößt!« Sie biß sich auf die Finger, um das quälende Schluchzen zu unterdrücken, als sie Jeff wegbrachten.

Der Leutnant führte sie in ein Wartezimmer mit einer Lederbank und ein paar alten Zeitschriften. Susan versuchte zu beten, aber sie fand keine Worte. Nur ein einziger Gedanke schoß ihr immer wieder durch den Kopf: ›Ich will zu Jamie. Ich will zu Jamie.‹

Um zehn nach vier erzählte ihr Leutnant Garrigan, daß ein Angestellter im Hafenamt sich an eine Frau und ein Kind erinnerte, auf das Jamies Beschreibung genau passen würde, und daß die Frau Fahrkarten für den Bus um zwei Uhr zwanzig nach Boston gekauft hatte. Sie riefen die Zwischenstationen an und überprüften den Bus. Um vier Uhr dreißig stand fest, daß sie nicht im Bus waren. Um viertel vor fünf wurde Tina am Flughafen Newport verhaftet, als sie versuchte einen Flug nach Los Angeles zu buchen.

Leutnant Garrigan versuchte optimistisch zu klingen, als er Susan erzählte, was sie herausgefunden hatten.

»Tina hat Jamie im Wartesaal am Hafenamt sitzenlassen. Einer vom dortigen Wachpersonal hat noch Dienst. Er erinnerte sich an ein Kind, auf das Jamies

Beschreibung paßt, gesehen zu haben, als es mit zwei Frauen wegging.«

»Sie können sie sonstwohin mitgenommen haben«, flüsterte Susan. »Was sind das für Leute, die ein Kind, das offensichtlich vermißt wird, nicht gleich zur Polizei bringen?«

»Einige Frauen nehmen so ein Kind erst mit nach Hause und fragen ihren Mann, was sie tun sollen«, antwortete der Leutnant. »Das wäre das beste, was passieren kann, glauben Sie mir. Dann wäre sie sicher. Ich möchte gar nicht dran denken, daß Jamie vielleicht ganz allein durch Manhattan irrt. Es gibt 'ne Menge seltsamer Typen, die an den Feiertagen auf den Straßen rumlungern. Sie versuchen, Kinder anzusprechen, die verloren gegangen sind.«

Er mußte das Entsetzen auf Susans Gesicht bemerkt haben, denn er fügte schnell hinzu: »Wir werden versuchen, eine Suchmeldung in den Radiostationen unterzubringen, und heute abend kommt ihr Foto in den Abendnachrichten. Diese Tina sagt, Jamie wüßte die Adresse der Wohnung und die Telefonnummer. Wir haben einen Beamten in die Wohnung geschickt, falls jemand anruft. Vielleicht wollen Sie lieber dort warten. Es ist nur ein paar Blocks entfernt. Ich laß Sie im Streifenwagen hinbringen.«

Ein junger Polizist saß im Wohnzimmer und sah fern. Susan ging durch die Wohnung und bemerkte eine Schüssel mit ein paar eingetrockneten Cornflakes auf dem Tisch in der Eßecke, daneben einen Stapel Bilderbücher. Das kleinere Schlafzimmer... Das Bett war nicht gemacht, und im Kopfkissen war noch eine Mulde. Hier hatte Jamie letzte Nacht geschlafen. Das

Nachthemd lag zusammengefaltet über dem Stuhl. Sie hob es auf und drückte es an sich, als könnte sie so ihre Tochter herbeizaubern. Vor ein paar Stunden war Jamie hier gewesen, jetzt schien sie weit weg zu sein.

Susan fühlte, wie ihr der Atem stockte, als ob ihr jemand den Brustkorb in Eisen legen würde; ihre Lippen zitterten, und Hysterie kroch in ihr hoch. Sie ging zum Fenster hinüber, öffnete es und sog die frische Luft ein. Als sie nach unten starrte, erblickte sie den Verkehr auf der Fifth Avenue. Links in der Straße südlich des Central Park standen die Pferdekutschen, eine hinter der anderen. Tränen stiegen ihr in die Augen, als sie sah, wie eine Familie von der Seventh Avenue Richtung Central Park einbog. Mutter und Vater gingen vorneweg. Ihre drei Kinder zuckelten hinterher. Erst die zwei Buben, die sich gegenseitig schubsten, und ihnen dicht auf den Fersen das kleine Mädchen.

Weihnachten. Sie und Jamie hatten hier zusammensein wollen; es hätte ein besonderer Tag für sie werden sollen. Plötzlich schoß ihr ein völlig abweger Gedanke durch den Kopf: Wenn Jamie überhaupt nicht mit den Frauen mitgegangen war... wenn sie allein unterwegs war?

Der Polizist, dessen Aufmerksamkeit stark durch das Fernsehprogramm in Anspruch genommen war, notierte sich die Plätze, die sie ihm nannte. »Ich sage dem Leutnant Bescheid«, versprach er. »Wir kämmen die Fifth Avenue nach ihr ab.«

Susan griff ihren Mantel. »Und ich tue das gleiche.«

Jamies Beine waren so müde. Sie war weit, sehr weit gelaufen. Am Anfang hatte sie die Blocks gezählt, doch dann war ihr aufgefallen, daß auf den Straßenschildern die Blocknummern standen. Dreiundvierzig, vierundvierzig.

Es gefiel ihr nicht, in dieser Gegend herumzulaufen. Es gab keine schönen Schaufenster, und die Frauen, die an die Häuser gelehnt oder in den Hauseingängen standen, sahen so aus wie Tina.

Sie achtete genau darauf, daß sie immer neben Müttern oder Vätern oder anderen Kindern herlief. Mami hatte ihr das beigebracht. »Wenn du jemals verloren gehst, wende dich an jemand mit Kindern.« Aber sie wollte mit keinem dieser Leute reden. Sie wollte das So-tun-als-ob-Spiel spielen.

Sie wußte genau, wann die 58. Straße kommen mußte. Sie konnte sie an den Geschäften wiedererkennen. Da holten sie immer die Pizza, und dort kaufte Papa immer die Zeitungen. Die Wohnung war in diesem Block.

Ein Mann kam auf sie zu und nahm sie bei der Hand. Sie versuchte, sich loszumachen, aber es ging nicht. »Du bist allein, Kleines, nicht wahr?« flüsterte er.

Er wollte ihre Hand nicht loslassen. Er lächelte, aber irgendwie sah er unheimlich aus. Man konnte kaum etwas von seinen Augen sehen, so schmal waren sie. Er hatte eine schmutzige Jacke an, und die Hose schlotterte ihm um die Beine. Auf keinen Fall durfte sie ihm sagen, daß sie allein war, das wußte Jamie.

»Nein«, sagte sie schnell, »Mami und ich sind hungrig.« Sie deutete in Richtung Pizzastand, und eine Frau, die gerade eine Pizza kaufte, sah nach draußen und schien zu lächeln.

Der Mann ließ sofort ihre Hand los. »Ich dachte, du brauchst Hilfe?« Jamie wartete, bis er auf die andere Straßenseite gegangen war, und rannte schnell den Häuserblock entlang. Als sie noch drei Häuser von zu Hause weg war, sah sie, wie ein Streifenwagen dort vorfuhr. Für einen Moment lang war sie erschrocken und fürchtete, jetzt würde die Polizei auch sie mitnehmen. Aber dann stieg eine Frau aus und rannte ins Haus und der Wagen fuhr wieder weg. Sie rieb sich mit dem Handrücken über die Augen. Weinen war so kindisch.

Als sie vor dem Haus war, senkte sie den Kopf. Sie wollte nicht, daß sie irgend jemand erkannte und vielleicht festhielt und auch ins Gefängnis brachte. Aber die Schachtel mit ihren neuen Sachen war so schwer. Als sie am Haus vorbei war, blieb sie einen Moment lang stehen und versteckte die Schachtel hinter einem steinernen Blumenkasten. Vielleicht konnte sie sie eine Zeitlang dort lassen. Und selbst wenn jemand sie mitnehmen würde, wär's egal. Sie konnte sowieso keine Badeanzüge oder Shorts mehr gebrauchen. Sie fuhr ja nicht auf die Ba-ha-mas.

Es war viel einfacher, ohne die Schachtel weiterzulaufen. An der Ecke drehte sie sich um und schaute zurück. Der Mann mit der schmutzigen Jacke folgte ihr. Das jagte ihr ein bißchen Angst ein. Sie war froh, daß ein paar Leute an ihr vorbeigegangen waren, eine Mutter und ein Vater mit zwei Jungen. Sie beeilte sich, um dicht bei ihnen zu bleiben. Als sie an die nächste Ecke kamen, bogen sie rechts ab. Sie wußte, das war genau der Weg, den sie gehen mußte. Der Central Park war gegenüber. Sie beobachtete, wie ein paar

Leute aus einer Pferdekutsche ausstiegen. Das war der richtige Augenblick, um mit ihrem So-tun-als-ob-Spiel anzufangen.

Susan eilte die Straße am Central Park entlang und sprach mit den Fahrern in ihren hübschen Kutschen. In die Mähnen der Pferde waren bunte Bänder und Glöckchen eingeflochten. Die Kutschen waren geschmückt mit roten und grünen Lämpchen.

Die Fahrer boten ihre Hilfe an. Sie sahen sich alle genau das Foto von Jamie in der Zeitschrift an. »Ein goldiges kleines Mädchen... sieht aus wie ein Engel.« Alle versprachen, nach ihr Ausschau zu halten. Im Plaza redete sie mit dem Portier, mit den Empfangsdamen und der Bedienung im Palm Court. Die Weihnachtsdekoration erleuchtete die Lobby. Das Palm Court Restaurant in der Mitte der Lobby war besetzt mit gutgekleideten Leuten, die an ihren Cocktails nippten, mit Leuten, die spät und erschöpft vom Einkaufen gekommen waren und sich jetzt auf eine schöne Tasse Tee und ein schmackhaftes Sandwich freuten.

Susan hatte in der Zeitschrift die Seite mit Jamies Foto aufgeschlagen. Immer wieder fragte sie: »Haben Sie sie gesehen?«

Zufällig warf sie einen Blick in den Spiegel neben dem Aufzug. Durch die Feuchtigkeit begann sich ihr Haar um ihr Gesicht und auf der Schulter zu locken. Ihr Gesicht war sehr bleich, aber es war das Gesicht, das Jamie habe würde, wenn sie erwachsen war. Falls sie erwachsen werden würde.

Niemand im Plaza erinnerte sich an ein Kind, das allein gewesen war. F A O Schwarz war ihre nächste Station. Das Spielzeuggeschäft war bevölkert mit Leuten, die noch schnell auf den letzten Drücker Teddybären und Spiele und Puppen kauften. Niemand erinnerte sich an ein Kind ohne Begleitung. Sie ging in den zweiten Stock. Die Verkäuferin studierte nachdenklich das Foto. »Ich bin mir nicht ganz sicher, ich hatte sehr viel zu tun, aber da war ein kleines Mädchen, das nach einer Minnie-Mouse-Stoffpuppe fragte. Ihr Vater wollte sie ihr kaufen, aber sie sagte ›nein‹. Das fand ich ungewöhnlich. Ja, natürlich, das Kind hat eine frappierende Ähnlichkeit mit dem auf dem Foto.«

»Aber ihr Vater war dabei«, murmelte Susan und fügte hinzu, »vielen Dank«, und drehte sich so schnell um, daß sie nicht mehr hörte, wie die Verkäuferin sagte, sie *dachte*, es wäre der Vater gewesen.

Die Verkäuferin starrte Susan hinterher, als diese in den Aufzug einstieg. Wenn sie jetzt so drüber nachdachte: Welches Kind sagte schon nein, wenn ihr der Vater eine Stoffpuppe kaufen wollte? Und irgendwie war der Typ auch unheimlich gewesen. Einen hartnäckigen Kunden nicht weiter beachtend, rannte die Verkäuferin hinter dem Ladentisch hervor, um Susan einzuholen. Zu spät – Susan war schon verschwunden.

Als Jamie die Minnie-Mouse-Puppe sah, hätte sie nur noch heulen mögen. Aber sie konnte nicht zulassen, daß der Mann ihr ein Geschenk kaufte, das wußte sie. Sie hatte Angst, daß er ihr immer noch folgte.

Draußen waren nicht mehr so viele Menschen auf

der Straße. Sie vermutete, daß jetzt alle heimgingen. An einer der Straßenecken sangen Leute Weihnachtschoräle. Sie blieb stehen und hörte ihnen zu. Sie wußte, daß der Mann, der ihr gefolgt war, auch stehengeblieben war. Die Frauen, die da sangen, hatten Häubchen statt Hüte auf. Eine von ihnen lächelte ihr zu, als das Lied zu Ende war. Jamie lächelte zurück, und die Frau sagte: »Du bist doch nicht allein unterwegs, Kleines?« Es war ja nicht wirklich geschwindelt, denn sie tat ja so, als wär sie mit Mami unterwegs, also sagte Jamie: »Nein. Mami ist da drüben.« Sie deutete auf eine Menschenmenge, die in ein Schaufenster starrte, und rannte auf sie zu.

In der Sankt Patricks Kathedrale blieb sie stehen und sah sich suchend um. Endlich fand sie die Krippe. Es standen viele Leute drum herum, aber das Jesuskind war nicht in der Krippe. Ein Mann steckte frische Kerzen in die Ständer, und Jamie hörte eine Frau fragen, wo denn die Statue des kleinen Heilands wäre. »Sie wird während der Mitternachtsmesse in die Krippe gelegt«, sagte er ihr.

Jamie gelang es, einen Platz direkt an der Krippe zu ergattern. Sie flüsterte das Gebet, das sie schon dauernd vor sich hingesagt hatte: »Wenn du heute abend kommst, bring bitte auch Mami mit.«

Es kamen sehr viele Leute in die Kirche. Die Orgel fing an zu spielen. Sie liebte den Klang der Orgel. Es war angenehm, hier ein bißchen zu sitzen und sich auszuruhen, wo es nett und warm war. Als sie gerade der Frau gesagt hatte, Mami wäre bei ihr, schien es plötzlich wahr zu sein. Jetzt würde sie zum Baum gehen und dann zu Lord and Taylor. Und wenn ihr der

Mann dann immer noch folgte, würde sie ihn vielleicht fragen, was sie denn tun soll. Vielleicht mochte er sie, weil er ihr schon so lange nachlief, und vielleicht wollte er wirklich auf sie aufpassen.

Susan musterte die Gesichter der Kinder, die vorbeikamen. Ein kleines Mädchen ließ ihren Atem stocken – blondes Haar, eine rote Jacke. Aber es war nicht Jamie. Alle paar Blöcke standen Freiwillige, als Weihnachtsmänner verkleidet, und sammelten für die Wohlfahrt. Jedem einzelnen zeigte sie Jamies Foto. Ein Chor der Heilsarmee sang an der Ecke 53. Straße. Ein Mitglied des Chors hatte ein kleines Mädchen gesehen, das wie Jamie ausgesehen hatte. Aber das Kind hatte gesagt, seine Mutter wäre dabei.

Leutnant Garrigan holte sie ein, als sie gerade in die Kathedrale gehen wollte. Er saß in einem Streifenwagen. Susan bemerkte Mitgefühl in seinen Augen, als er sah, wie sie das Foto hochhielt.

»Ich fürchte, sie verschwenden ihre Zeit, Susan«, sagte er. »Ein Busfahrer hat zwei Frauen und ein kleines Mädchen gesehen, als sie in seine Linie 410 beim Hafenamt eingestiegen sind. Das stimmt zeitlich mit der Aussage des Wachbeamten überein, der sie weggehen sah.«

Susans Lippen fühlten sich an wie Sandpapier. »Wo sind sie hingefahren?«

»Er hat sie an der Pascack Road, Stadt Washington, New Jersey rausgelassen. Die Polizei dort arbeitet mit uns zusammen. Ich hoffe immer noch, daß sich die beiden Frauen melden... wenn sie sie wirklich mitgenommen haben. CBS ist damit einverstanden, daß Sie kurz vor den sieben Uhr Nachrichten Ihre Suchmeldung verlesen. Aber wir müssen uns beeilen.«

»Können wir die Fifth Avenue runterfahren an Lord and Taylor vorbei?« fragte Susan. »Ich weiß nicht – ich habe so eine Ahnung...«

Auf ihr Drängen hin fuhr der Streifenwagen langsam. Susan blickte von einer Straßenseite zur anderen und konzentrierte sich, damit ihr kein Fußgänger entging. Tonlos erzählte Susan, daß eine Verkäuferin ein Kind, das Jamie ähnlich sah, gesehen hätte, aber zusammen mit seinem Vater, und daß eine Frau aus einem Chor der Heilsarmee ein Kind, das Jamie ähnelte, gesehen hatte, doch da wäre die Mutter dabeigewesen.

Sie bestand darauf, daß sie vor Lord and Taylor anhielten. Die Leute standen geduldig in einer Reihe an, um die Märchenausstellung zu sehen. »Ich hab nur daran gedacht: wenn Jamie in New York ist und sich daran erinnert...« Sie biß sich auf die Lippen. Leutnant Garrigan dachte jetzt bestimmt, sie wäre albern.

Das kleine Mädchen in dem blau-grünen Anorak war ungefähr so groß wie Jamie. Nein. Das Kind dort halb verdeckt hinter dem stämmigen Mann. Sie musterte es genauestens, dann schüttelte sie den Kopf.

Leutnant Garrigan zog sie am Ärmel. »Ehrlich, ich denke es ist das Beste, was sie tun können, Jamie über das Fernsehen suchen zu lassen.«

Widerwillig gab Susan nach.

Jamie sah den Schlittschuhläufern zu. Sie sausten über die Eisbahn vor dem Weihnachtsbaum, wie lebendig gewordene Puppen. Bevor Papa sie mitgenommen hatte, waren Mami und sie auf einem Weiher in der Nähe ihres Hauses Schlittschuh gelaufen... Mami hatte ihr Anfänger-Schlittschuhe gegeben.

Der Baum war so hoch, daß sie sich fragte, wie sie die Lichter da dran gekriegt hatten. Letztes Jahr hatte Mami auf der Leiter gestanden, um den Christbaum zu schmücken, und sie hatte ihr die Verzierungen hinaufgereicht.

Jamie legte ihr Kinn auf die Hände. Sie konnte gerade über das Geländer auf den Eisplatz schauen. Sie fing an, im Geist mit Mami zu sprechen. »Gehen wir nächstes Jahr zum Schlittschuhlaufen hierher? Ob dann meine Schuhe noch passen? Oder vielleicht krieg ich größere?« Sie konnte genau sehen, wie Mami lächelte und sagte: »Natürlich, Liebling.« Oder vielleicht würde sie auch einen Spaß machen und sagen: »Nein, ich glaub, wir schneiden die Füße ab, dann passen deine alten noch.«

Jamie drehte sich von dem Baum ab. Sie hatte nur noch eine Station vor sich, die Märchenfenster von Lord and Taylor. Der Mann und die Frau neben ihr standen Hand in Hand da. Sie zog der Frau am Ärmel. »Meine Mami hat gesagt, ich soll Sie fragen, wie weit es zu Lord and Taylor ist?«

Zwölf Blocks weiter. Das war eine Menge. Aber sie mußte das So-tun-als-ob-Spiel zu Ende spielen. Es fing an, stärker zu schneien. Sie versteckte ihre Hände in den Ärmeln und senkte den Kopf, daß ihr der Schnee nicht in die Augen kam. Sie blickte sich nicht um, ob der Mann ihr immer noch folgte – sie wußte, daß er es tat. Aber solange sie neben anderen Leuten herlief, kam er nicht näher.

Der Streifenwagen fuhr bei den CBS Studios in der 57. Straße nahe der Eleventh Avenue vor. Leutnant Garrigan ging mit ihr hinein. Sie wurden die Treppe hinaufgeschickt, und ein Produktionsassistent sprach mit Susan. »Wir werden diese Suchmeldung ›Der verlorene Engel‹ nennen. Wir senden eine Großaufnahme von Jamie, und dann können sie Ihre Suchmeldung verlesen.«

Susan wartete in der Ecke des Fernsehstudios. Irgend etwas in ihrem Innersten drohte herauszubrechen. Es war, als hörte sie Jamies Stimme, die nach ihr rief. Leutnant Garrigan wartete mit ihr. Sie packte ihn am Arm. »Sagen Sie Ihnen, sie sollen das Foto senden, und jemand anders soll die Suchmeldung verlesen. Ich muß zurück.«

Ein scharfes ›Schsch‹ brachte ihr zu Bewußtsein, daß sie die Stimme erhoben hatte und offensichtlich bis zu einem Mikrofon vorgedrungen war. Sie zog den Leutnant am Arm. »Bitte, ich muß zurück!«

Jamie wartete in der Schlange vor den Märchenfenstern von Lord and Taylor. Sie waren genauso schön, wie Mami es versprochen hatte, wie die Bilder in ihren Märchenbüchern, aber hier bewegten sich die Figuren und verbeugten sich und winkten. Sie merkte, daß sie zurückwinkte. Sie waren wie richtige Menschen. Und es sah fast so aus, als würden sie ihr So-tun-als-ob-Spiel verstehen. »Nächstes Jahr«, flüsterte Jamie, »kommen Mami und ich wieder zusammen her.« Sie wäre gern davor stehengeblieben und hätte den wunderschönen Figuren noch länger zugesehen, wie sie sich verbeugten und drehten und lächelten, aber irgend jemand sagte dauernd: »Bitte weitergehen, danke.«

Leider war das So-tun-als-ob-Spiel hier zu Ende. Sie war überall dort gewesen, wo sie und Mami hatten hingehen wollen. Jetzt wußte sie nicht mehr, was sie tun sollte. Ihre Stirn war ganz naß vom Schnee und sie strich ihr Haar zurück. Sie fühlte die kalte nasse Luft auf ihrem Kopf.

Sie wollte nicht aufhören, sich die Schaufenster anzusehen. Sie drückte sich an die Schnur, damit die Leute an ihr vorbeikamen. »Du bist verlorengegangen, nicht wahr, Liebes?« Sie sah auf. Es war der Mann, der ihr gefolgt war. Er redete so leise, daß sie ihn kaum verstand. »Wenn du weißt, wo du wohnst, bring ich dich nach Hause«, flüsterte er.

Ein kleiner Hoffnungsschimmer regte sich bei Jamie. »Würden Sie bitte meine Mutter anrufen«, sagte sie. »Ich weiß die Telefonnummer.«

»Natürlich. Gehen wir.« Er griff nach ihrer Hand. »Komm«, flüsterte er, »wir müssen gehen.«

Irgend etwas tat Jamie weh – nicht weil sie müde war, fror und Hunger hatte. Sie hatte Angst. Sie preßte sich an die Ecke der Fenster, starrte auf die Puppenfiguren und flüsterte ihr Jesuskindgebet. »Bitte, bitte, laß Mami kommen.«

Der Streifenwagen fuhr vor. »Ich weiß, Sie denken, ich bin übergeschnappt«, sagte Susan. Ihre Stimme verstummte, als sie die immer noch dichte Menschenmenge musterte. Es hatte stark zu schneien begonnen, und die Leute schlugen ihre Mantelkrägen und Kapuzen hoch und banden ihre Schals fester. Es standen auch einige Kinder in der Schlange, aber es war unmöglich, ihre Gesichter zu sehen, weil sie in die Fenster sahen. Sie öffnete gerade die Wagentür, als sie hörte, wie Leutnant Garrigan zum Fahrer sagte: »Sieh mal, wen wir da haben, drüben in der Schlange! Das ist doch dieser ekelhafte Sittenstrolch, dieses Schwein, das nicht zu seinem Prozeß aufgetaucht ist. Komm!«

Erschrocken sah Susan, wie sie über den Bürgersteig hechteten, sich durch die Menge drückten, den dünnen Mann mit der schmutzigen Jacke an den Armen packten und zum Streifenwagen zerrten.

Und dann sah sie sie. Die kleine Gestalt, die sich nicht mit den anderen erstaunten Passanten herumgedreht hatte, die kleine Gestalt mit den ungewöhnlich weißblonden Haaren, die sich um das vertraute Gesicht bis auf die Schulter lockten.

Völlig benommen ging Susan auf Jamie zu. Endlich konnte sie sie wieder in die Arme schließen. Sie beugte sich zu Jamie hinunter und hörte, wie Jamie immer wieder flehte: »Bitte, bitte, laß Mami kommen.«

Susan sank auf die Knie. »Jamie«, flüsterte sie. Jamie dachte, sie würde immer noch das So-tun-als-ob-Spiel spielen.

»Jamie.«

Aber es war kein Spiel. Jamie drehte sich um und fühlte, daß sie jemand umarmte. Mami. Es war Mami. Sie warf Mami die Arme um den Hals. Sie vergrub den Kopf in Mamis Schulter. Mami drückte sie ganz fest. Mami wiegte sie hin und her. Mami sagte ihren Namen, immer wieder.

»Jamie. Jamie.« Mami weinte. Die Menschen um sie herum lächelten und klatschten und gratulierten. Und in den Märchenfenstern verbeugten sich die wunderschönen Puppen und winkten.

Jamie streichelte Mamis Backe. »Ich wußte, daß du kommst«, flüsterte sie.

QUELLENHINWEIS

IM VEXIERSPIEGEL/DOUBLE VISION
Copyright © 1988 by Mares Enterprises
First published in *Woman's Day*
Aus dem Amerikanischen übersetzt von Liselotte Julius

DAS KLASSENTREFFEN/TERROR STALKS THE
CLASS REUNION
Copyright © 1987 by Mares Enterprises
First published in *Woman's Day*
Aus dem Amerikanischen übersetzt von Angelika Felenda

GLÜCKSTAG/LUCKY DAY
Copyright © 1986 by Mary Higgins Clark
First published in *Murder in Manhattan*
Aus dem Amerikanischen übersetzt von Joachim Körber

DER VERLORENE ENGEL/THE LOST ANGEL
Copyright © 1989 by Mary Higgins Clark
First published in *Woman's Day*
Aus dem Amerikanischen übersetzt von Ingrid Scherf

Der Auszug aus dem Gedicht ›La Belle Dame sans Merci‹ von John Keats wurde von Heinz Piontek ins Deutsche übertragen.

Das Gesamtverzeichnis der Heyne-Taschenbücher informiert Sie ausführlich über alle lieferbaren Titel. Sie erhalten es von Ihrer Buchhandlung oder direkt vom Verlag.

**Wilhelm Heyne Verlag, Postfach 20 12 04,
8000 München 2**

JOHN LE CARRÉ

Perfekt konstruierte Thriller, spannend und mit äußerster Präzision erzählt.

01/6565

01/6679

01/6785

01/7720

01/7762

01/7836

01/7921

01/8052

Wilhelm Heyne Verlag München

MARY HIGGINS CLARK

Die Bestsellerautorin Mary Higgins Clark gehört zu den angesehensten Schriftstellern psychologischer Spannungsromane.

01/6826

01/7602

01/7649

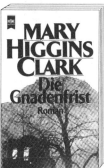

01/7734

01/7969

—— **Wilhelm Heyne Verlag München** ——

A.J. Cronin

Bewegende Schicksale im Werk des schreibenden Arztes, des großen Erzählers.

01/6168

01/7791

01/6311

01/8008

Wilhelm Heyne Verlag München

HEYNE BÜCHER

Erstmals im Taschenbuch

Leonie Ossowski

Leonie Ossowski ist eine der meistgelesenen, literarisch herausragenden deutschen Erzählerinnen.

Mit dem großen Unterhaltungsroman „Wolfsbeeren" schrieb die Autorin zugleich ein Kapitel deutscher Vergangenheit: die Geschichte einer Familie in Schlesien von 1918 bis zum großen Treck nach Westen im Winter 1945.

Leonie Ossowski:
Wolfsbeeren
Roman – 01/8037

Wilhelm Heyne Verlag München

GWEN BRISTOW

Die großen Südstaaten-Romane im Heyne-Taschenbuch

Melodie der Leidenschaft
01/6241

Morgen ist die Ewigkeit
01/6410

Tiefer Süden
01/6518

Die noble Straße
01/6597

Am Ufer des Ruhmes
01/6761

Alles Gold der Erde
01/6878

Der unsichtbare Gastgeber
01/7911

01/8044

01/8161

Wilhelm Heyne Verlag München